林清玄 著

漫步在青春的河畔

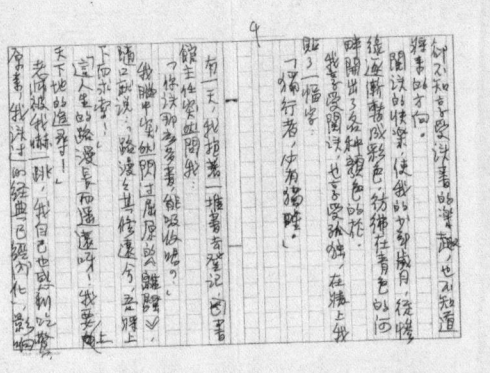

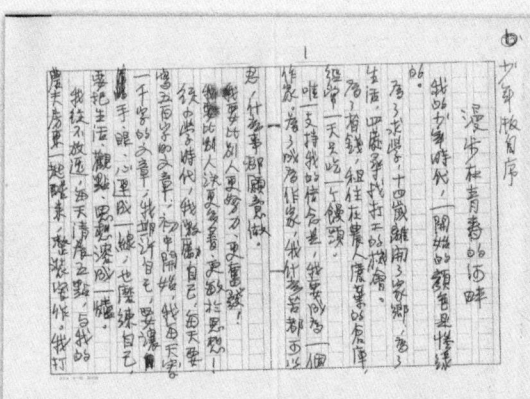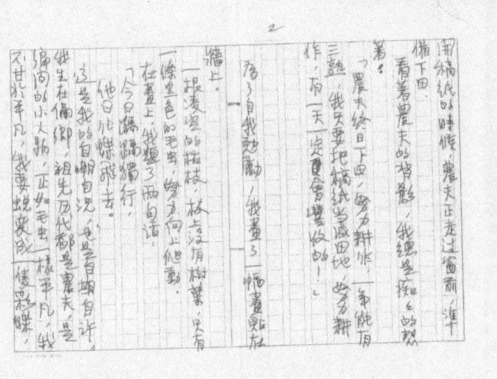

林清玄手稿

献给少年

自序

我的少年时代,一开始的颜色是惨绿的。

为了求学,我十四岁离开了家乡,为了生活,四处寻找打工的机会。

为了省钱,租住在农人废弃的仓库,经常一天只吃一个馒头。

唯一支持我的信念是,我要成为一个作家。为了成为作家,我什么苦都可以忍,什么事都愿意做。

我要比别人更努力、更奋发!

我要比别人读更多书、更敏于思想!

从小学时代,我激励自己,每天要写五百字的文章;初中开始,我每天写一千字的文章。我期许自己,要让手、眼、心连成一线;也磨炼自己,要把生活、观点、思想熔成一炉。

我从不放逸,每天清晨五点,与我的农夫房东一起醒来,整装写作。我打开稿纸的时候,农夫正走过窗前,准备下田。

看着农夫的背影,我总是痴痴地想着:

"农夫终日下田,努力耕作,一年能有三熟,我只要把稿纸当成田地,努力耕作,有一天一定会丰收的!"

为了自我勉励,我画了一幅画贴在墙上。

一根凌空的枯枝,枝上没有树叶,只有一条黑色的毛虫,努力向上爬动。

在画上,我题了两句话:

"今日踽踽独行,他日化蝶飞去。"

这是我的自嘲自况，也是自期自许，我生在偏乡，祖先历代都是农夫，是乡间的小人物，正如毛虫一样平凡。但我不甘于平凡，我要蜕变成一只彩蝶，飞向青春的原野，飞向蓝色的天空，飞向诗歌与彩虹的国度。

值得欣喜的是，我就读的虽是小学校，却有一个很好的图书馆。

图书馆是开架式的，可以自由取阅，也可以借回家。

从此，如果我不在图书馆看书，就是在往图书馆的路上。

我不只细读中西方的文学、哲学、心理学的专业套书，也广读各种杂书，例如饲养天鹅的方法、如何培养名兰、怎么训练大象，乃至茶道、书道、静心，等等。

我的广学，是因我深信，写作是作家最表面的工作，作家必须是文学家、生活家与思想家。

我的阅读量、借书量应该是全校学生中最多的，因为我的同学都深陷在升学的泥沼，大部分人都想考上大学，却不知享受读书的乐趣，也不知道将来的方向。

阅读的快乐，使我的少年岁月，从惨绿逐渐转成彩色，仿佛在青色的河畔开出了各种颜色的花。

我享受阅读，也享受孤独，在墙上我贴了一幅字：

"独行者，必有独醒。"

有一天，我抱着一堆书去登记，图书馆主任突然问我：

"你读那么多书，能吸收吗？"

我脑中突然闪过屈原的《离骚》，随口就说："路漫漫其修远兮，吾将上下而求索！"

这人生的路漫长而遥远呀！我要上天下地地追寻！

老师被我吓一跳，我自己也感到吃惊，原来，我读过的经典已经"内化"，影响了我的生活与思想！

这种"内化"是源于我的读书习惯，每次读到"有感于斯文"，不论是句子、情节、故事，总会抄在笔记本上，躺在床上会反复地回味、吟诵，思索再三，才安然睡去。

这个读书习惯也使我终身受益，六十年来，我没有一天失眠，依然耳聪目明！那是因为每天脑子快速转动，这也成为我灵感的来源。

高中二年级，我开始把稿子寄到报章杂志发表，才发现稿费比打工赚的钱多，更加专心于写作。此时，又代表学校参加台南市作文比赛得了第一。

由于发表的作品日益增多，又被媒体誉为是"天生的作家"，我升学的压力也得到缓解，大家都知道我会走上作家之路，考大学变得不那么急迫了。

高中毕业，我读到玄奘的《大唐西域记》，大受感动，写一句话挂在墙上：

"向万里无寸草处去！"

写作的日子不免孤独，只要有步行于沙漠的准备，就会有足够的意志与耐力。

一路走向无寸草处，十四岁从故乡旗山出发，在台南待了四年，十八岁到台北，再从台北出发，五十年来，走过半个地球了。

八岁之后，手不释卷，上下而求索，读过的书早就破万卷，写过的文章也有数千万言了。

"万里与万卷"不只是立志,而是躬行实践,不舍昼夜。如今,我还常常回想,长夜孤灯下那个少年,如果我们在岁月的河畔相见,也许会"纵使相逢应不识,尘满面,鬓如霜"。诗曰"笑问客从何处来?"虽然见面难相认,但今天的我,不正是在少年的根基上成长起来的吗?

汉代乐府诗里有:

青青河畔草,绵绵思远道。
远道不可思,宿昔梦见之。
梦见在我旁,忽觉在他乡。

思及我的少年时代,如梦一场,早已时空茫茫。

幸喜的是,我的儿女从小在书香与稿纸中长大,都喜欢阅读,喜欢旅行;善于写作,善于表达。他们都度过了美好的少年时代。

正如我对所有少年的祝愿:真挚、善良、美好、庄严,尽宇宙之力,迈向心里梦想的他方。

浙江文艺出版社用心编选了两册选集,一是给儿童的《盛开于繁花的季节》,一是给少年的《漫步在青春的河畔》,我想起自己少年时期的努力与坚持,用文章祝福怀着梦想迈向远方的少年。

林清玄

二〇一八年春日台北双溪清淳斋

心随境转是凡夫,
境随心转是圣贤。
用惭愧心看自己,
用感恩心看世界。

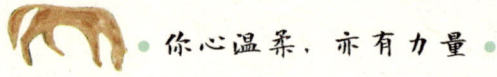· 你心温柔，亦有力量 ·

002　过火

014　秘密的地方

022　在梦的远方

029　发芽的心情

037　暹罗猫的一夜

046　寻找失落的心

052　清净之莲

056　出神与入化

● 天寒露重，望君保重 ●

064　天寒露重，望君保重

068　期待父亲的笑

075　飞入芒花

084　海潮音

089　木鱼馄饨

094　幸福的开关

098　黄玫瑰的心

104　怀君与怀珠

111　大千世界是朦胧的

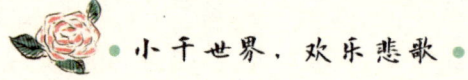 小千世界，欢乐悲歌

116　清雅食谱

120　咸也好，淡也好

123　清欢

132　一朝

138　茶香一叶

144　松子茶

148　莲花汤匙

154　俗士不可医

• 岁月灯火，不惧不惑 •

160　河的感觉

170　养着水母的秋天

178　红心番薯

187　阿火叔与财旺伯仔

192　榉树与香樟的牵手

195　岁月的灯火都睡了

199　向往一切幸福的可能

202　未完成之美

208　林清玄小传

林清玄小傳

一九五三年二月二十六日，在南灣的小鎮旗山誕生了一個奇特的小嬰兒。一般的孩子都是哭著來到世上，這個小孩卻是帶著微笑誕生，父親本來要為他取名為「林清奇」，幾經周折，最後為他取名為「林清玄」。

林清玄自幼愛笑，完全不受鄉下的荒蕪和家境貧困影響。旗山因土質多礫石，又是乾旱的山坡，自古以種植香蕉、竹筍、地瓜聞名，林氏祖先為了生活，在明鄭時期從廣南草山多

你心温柔
亦有力量

山近月远觉月小,
便道此山大于月。
若人有眼大如天,
当见山高月更阔。

过火

是冬天刚刚走过,春风蹑足敲门的时节,天气像是晨荷巨大叶片上浑圆的露珠,晶莹而明亮,台风草和野姜花一路上微笑着向我们招呼。

妈妈一早就把我唤醒了,我们要去赶一场盛会,在这次妈祖生日盛会里有一场过火的盛典,早在几天前我们就开始斋戒沐浴,妈妈常两手抚着我瘦弱的肩膀,幽幽地对爸爸说:"妈祖生日时要带他去过火。"

"火是一定要过的。"爸爸坚决地说。他把锄头靠在门侧,挂起了斗笠,长长叹一口气,然后我们没有再说什么话,就团聚起来吃着简单的晚餐。

从小,我就是个瘦小而忧郁的孩子,每天跋山涉水并没有使我的身体勇健,父母亲长期垦荒拓土的恒毅坚忍也丝毫没有遗传给我。

爸爸曾经为我做过种种努力,他一度希望我成为好猎人,每天叫我背着水壶跟他去打猎。我却常在见到山猪和野猴时吓得大哭失声,使得爸爸几度失去他的猎物,然后就撑着双管猎枪紧紧搂抱着我。他的泪水濡湿我的肩胛,喃喃地说:"怎么会这样,怎么会生出这样的孩子……"

他又寄望我成为一个农夫，常携我到山里工作，我总是在烈日烧烤下昏倒在正需要开垦的田地里，也时常被草丛中蹿出的毒蛇吓得屁滚尿流，爸爸不得不放下锄头跑过来照顾我。醒来的那一刻我总是听到爸爸长长而悲伤的叹息。

我也天天暗下决心要做一个男子汉，慢慢地，我变得硬朗了，爸妈也露出欣慰的笑容，可是他们的努力和我的努力一起崩溃了，当我的孪生弟弟在七岁那年死去的时候。

眼见到和自己一模一样的弟弟死去，我竟也像死去一半了，失去了生存的勇气，我变成一个失魄的孩子，每天眉头深结，形销骨立，所有的医生都看尽了，所有的补药都吃尽了，换来的仍是叹息和眼泪。

然后爸爸妈妈想到神明。想到神明好像一切希望都来了。

神明也没有医好我，他们又祈求十年一次的大过火仪式，可以让他们命在旦夕的儿子找到一缕生命的火光。

我强烈地惦怀弟弟，他清俊的脸容常在暗夜的油灯中清晰出来，他的脸是刀凿般深刻，连唇都有血一样的色泽。我们曾脐带相连地度过许多快乐和凄苦的岁月，我念着他，不仅因为他是我的兄弟，还因为我们生命血肉的最根源处紧紧纠结在一起。

弟弟的样貌和我一模一样，个性却不同，弟弟强韧、坚毅而果决，我是忧郁、畏缩而软弱，如果说爸爸妈妈是一间使我们温暖的屋宇，弟弟和我便是攀援而上的两种植物，弟弟是充满霸气的万年青，我则是脆弱易折的牵牛花，两者虽然交缠分不出面目，又是截然不同，万年青永远盎然充满炽盛的绿意，牵牛花则常开满忧郁的小花。

刚上一年级，弟弟在上学的长途中常常涉水负我过河，当他在急湍的河水中苦涉时，我只会仰头看白云缓缓掠过。放学回家，我们要养鸡鸭，还要去割牧草，弟弟总是抢着做工，把割来的牧草与我对分，免得我回家看到爸妈责备的目光。

弟弟也常为我的懦弱吃惊，每次他在学校里打架输了，总要咬牙恨恨地望着我。有一回，他和班上的同学打架，我只能缩在墙角怔怔地看着，最后弟弟打输了，跌坐在地上，嘴角淌着细细的血丝，无限哀怨地凝睇着他无用的哥哥。

我撑着去扶他，弟弟一把推开我，狂奔出教室。

那时已是深秋了，相思树的叶子黄了，灰白的野芒草在秋风中杂乱地飞舞，弟弟拼命奔跑，像一只中枪后惊惶而狂怒的白鼻心，要借着狂跑吐尽心中的最后一口气。

"宏弟，宏弟。"

我嘶开喉咙叫喊。弟弟一口气奔到黑肚大溪，终于力尽了颓坐下来，缓缓地躺卧在溪旁，我的心凹凸如溪畔团团围住弟弟的乱石。

风，吹得很急。

等我气喘吁吁赶到，看见弟弟脸上已爬满了泪水，一张脸湿乎乎的，嘴边还凝结着暗褐色的血丝，脸上的肌肉紧紧地抽着，像是我们农田里用久了的泵。

我坐着，弟弟躺卧着，夕阳斜着，把我们的影子投照在急速流去的溪水中。弟弟轻轻抽泣很久，抬头望着天云万叠的天空，低哑着声音问："哥，如果我快被打死了，你会不会帮助我？"

之后，我们便紧紧相拥放声痛哭，哭得天都到黄昏了，听见溪水潺潺，才一言不发走回家。那是我和弟弟最后的一个秋天，第二年他便走了。

爸爸牵我左手，妈妈执我右手，在金光万道的晨曦中，我们终于出发了。一路上远山巅顶的云彩千变万化，我们对着阳光的方向走去，爸爸雄伟的身躯和妈妈细碎的步子伴随着我。

从山上到市镇要走两小时的山路，要翻过一座山涉过几条溪水，因为天早，一路上雀鸟都被我们的步声惊飞，偶尔还能看见刺竹林里松鼠忙碌地跳跃，我们没有说什么话，只是无声默默前行，一直走到黑肚大溪，爸爸背负我涉过水的对岸，突然站定，回头怅望迅即流去的溪水，隔了一会儿说：

"弟弟已经死了,不要再想他。

"爸爸今天带你去过火,就像刚刚我们走水过来一样,你只要走过火堆,一切都会好转。"

爸爸看到我茫然的眼神,勉强微笑说:

"只不过是一个小小的火堆罢了。"

我们又开始赶路,我侧脸望着母亲手挽花布包袱的样子,她的眼睛里一片绿,映照出我们十几年垦拓出来的大地,两个眼睛水盈盈的。

我走得慢极了,心里只惦想着家里养的两只蓝雀崽,爸爸索性把我负在背上,愈走愈快,甚至把妈妈丢在远远的后头了。

穿过相思树林的时候，我看到远方小路尽头处有一片花花的阳光。

一个火堆突然莫名地闪过我的脑际。

抵达小镇的时候，广场上已经聚集了黑压压的人头，这是小镇十年一次的做醮，沸腾的人声与笑语嗡嗡地响动。我从架满肥猪的长列里走过，猪头张满了绷起的线条，猪口里含着新鲜金橙色的橘子，被剖开肚子的仔猪们竟微笑着一般，怔怔地望着溢满欣喜的人群。

广场的左侧被清出一块光洁的空地，人们已经围聚在一起，看着空地上正猛烈燃烧的薪柴，爸爸告诉我那些木柴至少有四千斤。火舌高扬冲上了湛蓝的天空，在毕毕剥剥的柴裂声中，我仿佛听见人们心里狂热的呼喊，人人的脸蛋都烘成了暖滋滋的猩红色。两个穿着整齐衣服的人手拿丈长的竹竿正挑着火堆，挑一下，飞扬起一阵烟灰，火舌马上又追了上来。

一股刚猛的热气扑到我脸上，像要把我吞噬了。妈妈拉我到怀中，说："不要太靠近，会烫到。"正在这时，广场对角的戏台咚咚锵锵地响起了锣鼓声，扮仙开始，好戏就要开锣了。

咚咚锵锵，咚咚锵，柴火慢慢小了，剩下来的是一堆红通通的火炭，裂成大大小小一块块，堆成一座火热的炭山。我想起爸爸要我走火堆，看热闹的心情好像一下子被水浇灭了。

"司公来了！司公来了！"人群里响起一阵呼喊，壅塞的人群里那一双双眼睛全望向相同的方向，一个身穿黑色道袍、头戴黑色道帽的人走来，深浓的黑袍上罩着一件猩红色的绸缎披肩，黑帽上还有一粒鲜红色的帽粒。

人群让开一条路，那个又高又瘦的红头道士踏着八卦步一摇一摆地走进来，脸上毫无表情。

人们安静下来了。

我却为这霎时的静默与远处噪闹的锣鼓而微微地颤抖。

红头道士做法事的另一边，一个赤裸上身的人正颤颤地发抖，颤动的狂热使人群的焦点又注视着他，爸爸牵我依过去，他说那是神的化身，叫作童乩。

童乩吐着哇哇不清的语句，他的身侧有一个金炉和一张桌子，桌上有笔墨和金纸。他摇得太快，使我的眼睛花乱了，他提起笔在金纸上乱画一通，有圈、有钩、有直，我看不出那是什么。爸爸领了一张，装在我的口袋里，说可以保佑我过火平安，平安装在我的口袋里便可以安心去过火了。

呜——呜——呜！呜！

远远望去，红头道士正在木炭堆边念咒语，烟雾使他成为一个诡异的立体，他左手持着牛角号，吹出了低沉而令人惊骇的声音。右手的一条蛇头软鞭用力抽打在地上，发出啪啪的响声，鞭声夹着号角声，人人都被震慑住了。

爸爸说，那是用来驱赶邪鬼的。

后来，道士又拿来一个装了清水的碗和盛满盐巴的篮子，他含了一口水，噗一声喷在炭上，哧——一阵水烟蒸腾起来，他口中喃喃。然后把一篮盐巴遍撒在火堆上。三乘小轿在火堆旁绕圈子，有人拿长竹竿把火堆铺成一丈长四尺宽的火毡，几个精壮的汉子用力拨开人群，口里高呼着："请闪开，过火就要开始了。"

三乘小轿越转越快，转得像飞轮一样。

妈妈紧紧抱我在怀中。

三乘小轿的轿夫齐声呼喝，便顺序跃上火毡，哧一声，我的心一阵紧缩，他们跨着大步很快地从火毡上跑过去，着地的那一刻，所有人都从梦般的静默里惊呼起来，一些好事的人跑过去看他们的脚，这时，轿夫笑了。

"火神来过了，火神来过了。"许多人忍不住狂呼跳叫。

红头道士依然在火堆旁念着神秘的不可知的像响自远天深处的咒语。

过火的乡人们都穿着一色的汗衫短裤，露出黝黑而多毛的腿，一排排的腿竟像冒着白烟，蒸腾着生命的热气。

那些腿都是落过田水的，都是在炙毒的阳光和阴诈的血蛭中慢慢长成，生活的熬炼就如火炭一直铸着他们——他们那样地兴奋，竟有一点去赶市集一样，人人面对炭火总是有些惊惶，可是老天有眼，他们相信这一双肉腿是可以过火的。

十二月天，冷酸酸的田水，和春天火炙炙的炭火并没有不同，一个是生活的历练，一个是生命的考验，都只不过是农人与天运搏斗的一个节目。

轿子，一乘乘地采取同样的步姿，夸耀似的走过火堆。

爸爸妈妈紧紧牵着我，每当哧的声音响起时，我的心就像被铁爪抓紧一般，不能动弹。

司锣的人一阵紧过一阵地敲响锣鼓。

轿夫一次又一次将他们赤裸的脚踝埋入红艳艳的火毡中。

随着锣鼓与脚踝的乱蹦乱跳，我的心也变得仓皇异常，想到自己要迈入火堆，像是陷进一个恐怖的海上噩梦，抓不到一块可以依归的浮木。

一张张红得诡谲的玄妙的脸闪到我的眼前来。

我抓紧爸妈微微渗汗的手，思及弟弟在天地的风景中永远消失的一幕，他的脸像被火烤焦的紫红色，头一偏，便梦魇似的去了，床侧焚烧的冥纸耀动鬼影般的火光。

在火光的交叠中，我看到领过符的乡民——迈步跨入火堆。

有的步履沉重，有的矫捷，还有仓皇跑过的。

我看到一位老人，背负着婴儿走进火堆，他青筋凸起的腿脚毫不迟疑地埋进火中，使我想起庙顶上红绿交融的庄严画像。爸爸告诉我，那是他重病的小儿子，神明用火来医治他。

咚咚锵锵，咚咚锵。

远处的戏锣和近处的锣鼓声竟交缠不清了。

"阿玄，轮到你了。"妈妈用很细的声音说。

"我——我怕。"

"不要怕，火神来过了，不要怕。"

爸妈推着我就要往火堆上送。

我抬头望望他们，央求地说："爸，妈，你们和我一起走。"

"不行。只有你领了符。"爸爸正色道。

锣声响着。

火光在我眼前和心头交错。

爸妈由不得我，硬把我架着走到火堆的起点。

"我不要，我不要——"我大声号哭起来。

"走！走！"爸爸吼叫着。

我不要——

"妈——"

我跪了下来，紧紧抱住妈妈的腿，泪水使我什么都看不见了。

"没出息。我怎么会生出这种儿子,给我现世,今天你不走,我就把你打死在火堆上。"爸爸的声音像夏天午后的西北雨雷,嗡嗡响动,我抬头看,他脸上爬满泪水,重重地把我摔在地上,跑去抢起道坛上的蛇头软鞭,啪一声抽在我身旁的地上,溅起一阵泥灰。

"我打死你!我打死你!林姓的祖先做了什么孽,生出这样的孩子,我打死你,让你去和那个讨债的儿子做堆!"我从来没有看过爸爸暴怒的面容,他的肌肉纠结着,头发扬散如一头巨狮。

"你疯了。"妈妈抢过去拦他,声音凄厉而哀伤。

红头道士、轿夫们、人群都拥过来抓住爸爸正要飞来的鞭子。

锣也停了。

爸爸被四个人牢牢抓住,他不说话,虎目如电刺穿我的全身。

四周是可怕的静寂。

我突然看见弟弟的脸在血红的火堆中燃烧,想起爸爸撑着猎枪掉泪的面影和他辛苦荷锄的身姿,我猛地站起,对爸爸大声说:"我走,我走给你看,今天如果我不敢走这火堆,就不是你的团仔。"

锣声缓缓响起。

几千只眼睛如炬注视。

我走上了火堆。

第一步跨上去,一道强烈的热流从我脚底蹿进,贯穿了我的全身，我的汗水和泪水全滴在火上，一声哧，一阵烟。

我什么都看不见，仿佛陷进一个神秘的围城，只听到远天深处传来弟弟轻声的耳语："走呀！走呀！"那是一段很短的路，而我竟完全不知它的距离，不知它的尽处，相思林尽头的阳光亮起，脚下的火也浑然忘却了。

踩到地的那一刻，土地的冰凉使我大吃一惊，呼——一声，全场的人都欢呼起来，爸爸妈妈早已等在这头，两个人抢抱着我，终于号啕地哭成一堆。打锣的人戏剧性地欢愉地敲着急速的锣鼓。

爸爸疯也似的紧抱我，像要勒断我的脊骨。

那一天，那过火的一天，我们快乐地流泪走回家。

到黑肚大溪，爸爸叫我独自涉水。

猛然间，我感到自己长大了。

童年过火的记忆像烙印一般影响了我整个生命的途程，日后我遇到人生的许多事都像过火一样，在起步之初，我们永远不知道能否安全抵达火毡的那一端，我们当然不敢相信有火神，我们会害怕、会无所适从、会畏惧受伤，但是人生的火一定要过、情感的火要过、欢乐与悲伤的火要过、淡定与激情的火要过、成功与失败的火要过。我们不能退缩，因为我们要单独去过火，即使亲如父母，也有无能为力的时候。

秘密的地方

在我的故乡，有一湾小河。

小河穿过山道、穿过农田、穿过开满小野花的田原。晶明的河水中是累累的卵石，石上的水迈着不整齐的小步，响着淙淙的乐声，一直走出我们的视野。

在我童年的认知里，河是没有归宿的，它的归宿远远地看，是走进了蓝天的心灵里去。

每年到了孟春，玫瑰花盛开以后，小河淙淙的乐声就变成响亮的欢歌，那时节，小河成为孩子们最快乐的去处，我们时常沿着河岸，一路闻着野花草的香气散步，有时候就跳进河里去捉鱼摸蛤，或者沿河插着竹竿钓青蛙。

如果是雨水丰沛的时候，小河低洼的地方就会形成一处处清澈的池塘，我们跳到里面去游水，等玩够了，就爬到河边的堤防上晒太阳，一直晒到夕阳从远山的凹口沉落，才穿好衣服回家。

那条河，一直是我们居住的村落人家赖以维生的所在，种稻子的人，每日清晨都要到田里巡田水，将河水引到田中；种香蕉和水果的人，也不时用马达将河水抽到干燥的土地上；那些种青菜的人，更是依着河边的沙地围成一畦畦的菜圃。

妇女们，有的在清晨，有的在黄昏，提着一篮篮的衣服到河边来洗涤，她们排成没有规则的行列，一边洗衣一边谈论家里的琐事，互相做着交谊，那时河的无言，就成为她们倾诉生活之苦的最好对象。

　　在我对家乡的记忆里，故乡永远没有旱季，那条河水也就从来没有断流过，即使在最阴冷干燥的冬天，河里的水消减了，但河水仍然像蛇一样，轻快地游过田野的河岸。

　　我几乎每天都要走过那条河，上学的时候我和河平行着一路到学校去，游戏的时候我们差不多都在河里或河边的田地上。农忙时

节，我和爸爸到田里去巡田水，或用麻绳抽动马达，看河水抽到蕉园里四散横流；黄昏时分，我也常跟母亲到河边浣衣。母亲洗衣的时候，我就一个人跑到堤防上散步，踮起脚尖，看河的尽头到底是在什么地方。

我爱极了那条河，不知道为什么，在那个封闭的小村镇里，我一注视着河，心里就仿佛随着河水，穿过田原和市集，流到不知名的远方——我对远方一直是非常向往的。

大概是到了小学三年级的时候吧，学校要举办一次远足，促使我有了沿河岸去探险的决心。我编造一个谎言，告诉母亲我要去远足，请她为我准备饭盒；告诉老师我家里农忙，不能参加学校的远足。第二天清晨，我带着饭盒从我们家不远处的河段出发，那时我看到我的同学们一路唱着歌，成一路纵队，出发前往不远处的观光名胜。

我心里知道自己的年纪尚小，实在不宜于一个人单独去远地游历，但是我盘算着，和同学去远足不外是唱歌玩游戏，一定没有沿河探险有趣，何况我知道河是不会迷失方向的，只要我沿着河走，必然也可以沿着河回来。

那一天阳光格外明亮，空气里充满了乡下田间独有的草香，河的两岸并不如我原来想象的充满荆棘，而是铺满微细的沙石；河的左岸差不多是沿着山的形势流成的，河的右岸边缘正是人们居住的平原，人的耕作从右岸一直拓展开去，左岸的山里则还是热带而充满原始气息。蒲公英和银合欢如针尖一样的种子，不时从山上飘落在河中，随河水流到远处去，我想这正是为什么不管在何处都能看到蒲公英和银合欢的原因吧！

对岸山里最多的是相思树，我是最不爱相思树的，总觉得它们树干长得畸形，低矮而丑怪，细长的树叶好像也永远没有规则，可是不管喜欢不喜欢，它正沿路在和我打着招呼。

我就那样一面步行，一面欣赏风景，走累了，就坐在河边休息，把双脚泡在清凉的河水里。走不到一个小时，我就路经一个全然陌生的市镇或村落，那里的人和家乡的人打扮一样，他们戴着斗笠，卷起裤脚，好像刚刚从田里下工回来，那里的河岸也种菜，浇水的农夫看到我奇怪地走在河岸，都亲切地和我招呼，问我是不是迷失了路，我告诉他们，我正在远足，然后就走了。

再没有多久，我又进入一个新的村镇，我看到一些妇女在河旁洗衣，用力地捣着衣服，甚至连姿势都像极了我的母亲。我离开河岸，走进那个村镇，彼时我已经识字了，知道汽车站牌在什么地方，知道邮局在什么地方，我独自在陌生的市街上穿来走去。看到这村镇比我居住的地方残旧，街上跑着许多野狗，我想，如果走太远赶不及回家，坐汽车回去也是个办法。

我又再度回到河岸前行，然后我慢慢发现，这条河的右边大部分都被开垦出来了，而且那些聚落里的人们都有一种相似的气质和生活态度，他们依靠这条河生活，不断地劳作，并且群居在一起，互相依靠。我一直走到太阳往西偏斜，一共路过八个村落的城镇，觉得天色不早了，就沿着河岸回家。

因为河岸没有荫蔽，回到家我的皮肤因强烈的日炙而发烫，引得母亲一阵抱怨："学校去远足，怎么走那么远的路？"随后的几天，同学们都还在远足的兴奋情绪里絮絮交谈，只有我没有什么谈话的资料，但是我的心里有一个秘密的地方——就是那条小河，以及河两岸的生命。

后来的几年里，我经常做着这样的游戏，沿河去散步，并在抵达陌生村镇时在那里嬉戏，这使我在很年幼的岁月里，就知道除了我自己的家乡，还有许多陌生的广大天地，它们对我的吸引力大过于和同学们做无聊而一再重复的游戏。

日子久了，我和小河有了一种秘密的情谊，在生活里受到挫败时总是跑到河边去和小河共度；在欢喜时，我也让小河分享。有时候看着那无语的流水，真能感觉到小河的沉默里有一股脉脉的生命，它不但以它的生命之水让河岸的农民得以灌溉他们的田原，也能安慰一个成长中的孩子，让我在挫折时有一种力量，在喜悦时也有一个秘密的朋友分享。笑的时候仿佛听到河的欢唱，哭的时候也有小河陪着低吟。

  长大以后,常常思念故乡,以及那条贯穿其中的流水,每次想起来,总像保持着一个秘密,那里有温暖的光源如阳光反射出来。

  是不是别人也和我一样,心中有一个小时候秘密的地方呢?它也许是一片空旷的平野,也许是一棵相思树下,也许是一座大庙的后院,也许是一片海滩,或者甚至是一本能同喜怒共哀乐、一读再读的书册……它们保藏着我们成长的一段岁月，里面有许多秘密是连父母兄弟都不能了解的。

人人都是有秘密的吧！它可能是一个地方，可能是一段爱情，可能是不能对人言的荒唐岁月，那么总要有一个倾诉的对象，像小河与我一样。

有一天我路过外双溪，看到一条和我故乡一样的小河，竟在那里低回不已。我知道，我的小河时光已经远远逝去了，但是我清晰地记住那一段日子，也相信小河保有着我的秘密。

令人作嘔,何況是喝進肚子裡!

「正味」含讓我們也到最初的感動,而在最初,正味也是最美味的。

就像剛好的海鮮,一定是生吃或蒸煮,其次才是剛炒,最後才是紅燒和油炸,一旦紅燒或油炸,就會使我們失去正味了。

舌之味,覺知如此,人生也是如此,我們習慣了紅燒和油炸,就難以品味生命中的起雲劑、塑化劑也綢和黏膩,所以面對生命中的起雲劑、塑化劑所當然。一切的添加物都成為理所當然。

就喜歡不濃。「我要那麼正宗的一點純粹的最原味的」,往往就能發現走向清朝的道路了。

只要堅持追尋

在梦的远方

有时候回想起来，母亲对我们的期待，并不像父亲那么明显而长远。小时候我的身体差、毛病多，母亲对我的期望大概只有一个，就是祈求我健康。为了让我平安长大，母亲常背着我走很远的路去看医生，所以我童年时代对母亲留下的第一印象，就是趴在她的背上，去看医生。

我不只是身体差，还常常发生意外。三岁的时候，我偷喝汽水，没想到汽水瓶里装的是"番仔油"（夜里点灯用的臭油），喝了一口顿时两眼翻白，口吐白沫，昏了过去。母亲立即抱着我以百米赛跑的速度到街上去找医生。那天是大年初二，医生全休假去了，母亲急得满眼泪，却毫无办法。

"好不容易在最后一家医馆找到医生，他打了两个生鸡蛋给你吞下去，又有了呼吸，眼睛也张开了，直到你张开眼睛，我也在医馆昏过去了。"母亲一直到现在，每次提到我喝番仔油，还心有余悸，好像捡回一个儿子。听说那一天她为了抱我看医生，跑了将近十公里。

四岁那一年，我从桌子上跳下时跌倒，撞到母亲的缝纫机铁脚，后脑壳整个撞裂了，母亲正在厨房里煮饭。我自己挣扎站起来叫母亲,母亲从厨房跑出来。

"那时,你从头到脚,全身是血,我看到第一眼,浮上心头的一个念头是:这个囝仔无救了。幸好你爸爸在家,坐他的脚踏车去医院,我抱你坐在后座,一手捏住脖子上的血管,到医院时我也全身是血,立即推进手术房,推出来时你叫了一声妈妈。呀!呀!我的囝仔活了,我的囝仔回来了……我那时才感激得流下泪来。"母亲说这段时,喜欢把我的头发撩起,看我的耳后,那里有一道二十厘米长的疤痕,像蜈蚣盘踞着,听说我摔了那一次,聪明了不少。

由于我体弱,母亲只要听到有什么补药或草药吃了可以使孩子的身体好,就会不远千里去求药方,抓药来给我补身体,可能补得太厉害,我六岁的时候竟得了疝气,时常痛得在地上打滚,哭得死去活来。

"那一阵子,只要听说哪里有先生、有好药,都要跑去看,足足看了两年,什么医生都看过,什么药都吃了,就是好不了。有一天,有一个你爸爸的朋友来,说开刀可以治疝气,虽然我们对西医没信心,还是送去开刀了。开一刀,一个星期就好了。早知道这样,两年前送你去开刀,不必吃那么多苦。"母亲说吃那么多苦,当然是指我而言,因为他们那时代的妈妈,是从来不会想到自己的苦。

过了一年,我的大弟得小儿麻痹,一星期就过世了,这对母亲是个严重的打击，由于我和大弟年龄最近，她差不多把所有的爱都转到我身上，对我的照顾可以说是无微不至，并且在那几年，对我特别溺爱。

例如，那时候家里穷，吃鸡蛋不像现在的小孩可以吃一个，而是一个鸡蛋要切成"四洲"（四片）。母亲切白煮鸡蛋有特别方法，她不用刀子，而是用车衣服的白棉线，往往可以切到四片同样大，然后像宝贝一样分给我们，每次吃鸡蛋，她常背地里多给我一片。有时候很不容易吃苹果，一个苹果切十二片，她也会给我两片。如果有斩鸡，她总会留一碗鸡汤给我。

可能是母亲的照顾周到，我的身体竟奇迹似的好起来，变得非常健康，常常两三年都不生病，功课也变得十分好，很少落到第二名。我母亲常说："你小时候读了第二名，自己就跑到香蕉园躲起来哭，要哭到天黑才回家。真是死脑筋！第二名不是很好了吗？"

但身体好、功课好，母亲并不是就没有烦恼，那时我个性古怪，很少和别的小朋友玩在一起，都是自己一个人玩，有时自己玩一整天，自言自语，即使是玩杀刀，也时常一人扮两角，一正一邪互相对打，而且常不小心让匪徒打败了警察，然后自己蹲在田岸上哭。幸好那时候心理医生没现在发达，否则我一定早被送去了。

"那时庄稼囝仔很少像你这样独来独往的，满脑子不知在想什么。有一次我看你坐在田岸上发呆，我就坐在后面看你，那样看了一下午,后来我忍不住流泪,心想:这个孤怪囝仔,长大以后不知要给我们变出什么出头。就是这个念头也让我伤心不已。后来天黑,你从外面回来,我问你:'你一个人坐在田岸上想什么?'你说:'我在等煮饭花开,等到花开我就回来了。'这真奇怪,我养一手孩子,从来没有一个坐着等花开的。"母亲回忆着我童年的一个片段,煮饭花就是紫茉莉,总是在黄昏时盛开,我第一次听到它是黄昏开时不相信,就坐一下午等它开。

不过,母亲的担心没有太久,因为不久有一个江湖术士到我们镇上,母亲先拿大弟的八字给他排,他一排完就说:"这个孩子已经不在世上了,本来是个大富大贵的命,如果给一个有权势的人做儿子,就不会夭折了。"母亲听了大为佩服,就拿我的八字去算,算命的说:"这孩子小时候有点怪,不过,长大会做官,至少做到省议员。"母亲听了大为安心,当时在乡下做个省议员是很了不起的事,她从此对我的古怪不再介意。遇到有人对她说我个性怪异,她总是说:"小时候怪一点没什么要紧。"

偏偏在这个时候,我恢复正常。小学五六年级我交了好多好多朋友,每天和朋友混在一起,玩一般孩子的游戏,母亲反而担心:"哎呀!这个孩子做官无望了。"

我十五岁就离家到外地读书了,母亲因为会晕车,很少到我住的学校看我,我们见面的机会就少了,她常说:"出去好像丢掉,回来像是捡到。"但每次我回家,她总是唯恐我在外地受苦,拼命给我吃的,然后在我的背包塞满东西。我有一次回到学校,打开背包,发现里面有我们家种的香蕉、枣子、一罐奶粉、一包人参、一袋肉松、一包她炒的面茶、一串她绑的粽子,以及一罐她亲手腌渍的菠萝竹笋豆瓣酱……还有一些已经忘了。那时觉得东西多到可以开杂货店。

那时我住在学校,每次回家返回宿舍,和我住一起的同学都说是小过年,因为母亲给我准备的东西,我一个人根本吃不完。一直到现在,我母亲还是这样,我一回家,她就把什么东西都塞进我的包包,就好像台北闹饥荒,什么都买不到一样。有一次我回到台北,发现包包特别重,打开一看,原来母亲在里面放了八罐汽水。我打电话给她,问她放那么多汽水做什么,她说:"我要给你们在路上喝呀!"

高中毕业后,我离家愈来愈远,每次回家要出来搭车,母亲一定放下手边的工作,陪我去搭车,抢着帮我付车钱,仿佛我还是个三岁的孩子。车子要开的时候,母亲都会倚在车站的栏杆上向我挥手,那时我总会看见她眼中有泪光,看了令人心碎。

要写我的母亲是写不完的,我们家五个兄弟姊妹,只有大哥侍奉母亲,其他的都高飞远扬了,但一想到母亲,总觉得好像她就站在我们身边。

这一世我觉得没有白来,因为会见了母亲,我如今想起母亲的种种因缘,也想到小时候她说的一个故事:

有两个朋友,一个叫阿呆,一个叫阿土,他们一起去旅行。

有一天,他们来到海边,看到海中有一个岛,他们一起看着那座岛,因疲累而睡着了。夜里阿土做了一个梦,梦见对岸的岛上住了一位大富翁,在富翁的院子里有一株白茶花,白茶花树根下有一坛黄金,然后阿土的梦就醒了。

第二天,阿土把梦告诉阿呆,说完后叹了一口气说:"可惜只是个梦!"

阿呆听了信以为真,说:"可不可以把你的梦卖给我?"阿土高兴极了,就把梦的所有权卖给阿呆。

阿呆买到梦以后,就往那个岛出发,阿土卖了梦就回家了。

到了岛上,阿呆发现果然住了一个大富翁,富翁的院子里果然种了许多茶树,他高兴极了,就留下做富翁的用人,做了一年,只为了等待院子的茶花开。

第二年春天,茶花开了,可惜,所有的茶花都是红色的,没有一株是白茶花。阿呆就在富翁家住了下来,等待一年又一年,许多年过去了,有一年春天,院子里终于开出一棵白茶花。阿呆在白茶花树根掘下去,果然掘出一坛黄金,第二天他辞工回到故乡，成为故乡最富有的人。

卖了梦的阿土还是个穷光蛋。

这是一个日本童话，母亲常说："有很多梦是遥不可及的，但只要坚持，就可能实现。"她自己是个保守传统的乡村妇女，和一般乡村妇女没有两样，不过她鼓励我们要有梦想，并且懂得坚持，就是这一点，使我后来成为作家。

作家可能没有做官好，但成为作家的母亲，对母亲是个全新的体验。她在对乡人谈起我时，为我小时候的多灾多难、古灵精怪全找到了答案。

发芽的心情

有一年，我在武陵农场打工，为果农收成水蜜桃与水梨。那时候是冬天了，清晨起来要换上厚重的棉衣，因为山中的空气格外有一种清澈的冷，深深地呼吸时，凉沁的空气就涨满了整个胸肺。

我住在农人的仓库里，清晨挑起箩筐到果园子里去，薄雾正在果树间流动，等待太阳出来时往山边散去。在薄雾中，由于枝丫间的叶子稀疏，可以清楚地看见那些饱满圆熟的果实，从雾里浮凸出来，青鲜的还挂着夜之露水的果子，如同刚洗过一个干净的澡。

雾掠过果树，像一条广大的河流般，这时阳光正巧洒下满地的金线，果实的颜色露出来了，梨子透明一般，几乎能看见表皮内部的水分。成熟的水蜜桃有一种粉状的红，在绿色的背景中，那微微的红如鸡血石一样，流动着一棵树的血液。

我最喜欢清晨曦光初见的时刻。那时一天的劳动刚要开始，心里感觉到要开始劳动的喜悦，而且面对一片昨天采摘时还青涩的果子，经过夜的洗礼，竟已成熟了，可以深切地感觉到生命的跃动，知道每一株果树全有着使果子成长的力量。我小心地将水蜜桃采下，放在已铺满软纸的箩筐里，手里能感觉到水蜜桃的重量，以及那充满甜水的内部质地。捧在手中的水蜜桃，虽已离开了它的树枝，却像一株果树的心。

　　采摘水蜜桃和梨子原不是粗重的工作，可是到了中午，全身大致已经汗湿，中午冬日的暖阳使人不得不脱去外面的棉衣。这样轻微的劳作为何会让人汗流浃背呢？有时我这样想着。后来找到的原因是：水蜜桃与水梨虽不粗重，但它们那样容易受伤，非得全神贯注不可——全神贯注也算是我们对大地生养的果实一种应有的尊重吧！

　　才一个月的时间，我们差不多把果园中的果实完全采尽了，工人们全散工转回山下，我却爱上那里的水土，经过果园主人的准许，答应让我在仓库里一直住到春天。能够在山上过冬是我意想不到的事，那时候我早已从学校毕业，正等待着服兵役的集会，由于无事，心情差不多放松下来了。我向附近的人借到一副钓具，空闲的时候就坐着嘈嘈的客运车，到雾社的碧湖去徜徉一天，偶尔能钓到几条小鱼，通常只是看饱了风景。

　　有时候我坐车到庐山去洗温泉，然后在温泉岩石上晒一个下午的太阳；有时候则到比较近的梨山，在小街上散步，看那些远从山下来赏冬景的游客。夜间一个人在仓库里，生起小小的煤炉，饮一壶烧酒，然后躺在床上，细细地听着窗外山风吹过林木的声音，才深深觉得自己是完全自由的人，是在自然与大地工作过、静心等候春天的人。

采摘过的果园并不因此就放了假，果园主人还是每天到园子里去，做一些整理剪枝除草的工作，尤其是剪枝，需要长期的经验和技术，听说光是剪枝一项，就会影响了明年的收成。我四处游历告一段落，有一天到园子去帮忙整理，我目见的园中景象令我大大地吃惊。因为就在一个月前曾结满累累果实的园子此时全像枯去了一般，不但没有了果实，连过去挂在树枝尾端的叶子也都凋落净尽，只有一两株果树上，还留着一片焦黄的在风中抖颤的随时要落在地上的黄叶。

园子中的落叶几乎铺满，走在上面窸窣有声，每一步都把落叶踩裂，碎在泥地上。我并不是不知道冬天树叶会落尽的道理，但是对于生长在南部的孩子，树总是常绿的，看到一片枯树反而觉得有些反常。

我静静地立在园中，环目四顾，看那些我曾为它们的生命、为它们的果实而感动过的果树，如今充满了肃杀之气，我不禁在心中轻轻地叹息起来。同样的阳光、同样的雾，却洒在不同的景象之上。

曾经雇用我的主人，不能明白我的感伤，走过来拍我的肩，说："怎么了？站在这里发呆？""真没想到才几天的工夫，叶子全落尽了。"我说。"当然了，今年不落尽叶子，明年就长不出新叶了，没有新叶，果子不知道要长在哪里呢！"园主人说。

然后，他带领我在园中穿梭，手里拿着一把利剪，告诉我如何剪除那些已经没有生长力的树枝。他说那是一种割舍，因为长得太密的枝干，明年固然能结出许多果子，但一棵果树的力量是一定的，太多的树枝可能结出太多的果，但会使所有的果都长得不好，经过剪除，就能大致把握明年的果实。我虽然感觉到那对一棵树的完整有伤害，但一棵果树不就是为了结果吗？为了结出更好的果，母株总要有所牺牲。

我看到有的拇指粗细的枝干被剪落，还流着白色的汁液，我问："如果不剪枝呢？"

园主人说："你看过山地里野生的芭乐吗？它的果子会一年比一年小，等到树枝长得太盛，根本就不能结果了。"

我们在果园里忙碌地剪枝除草，全是为了明年的春天做着准备。春天，在冬日的冷风中感觉起来是十分遥远的日子，但是当拔草的时候，看到那些在冬天也顽强抽芽的小草，似乎春天就在那深深的土地里，随时等候着涌冒出来。

果然，让我们等到了春天。

其实说是春天还嫌早，因为气温仍然冰冷一如前

日。我到园子去的时候，发现果树像约定好的一样，几乎都抽出茸毛一样的绿芽，那些茸茸的绿昨夜刚从母亲的枝干挣脱出来，初面人世，每一片都绿得像透明的绿水晶，抖颤地睁开了眼睛。我看到尤其是初剪枝的地方，芽抽得特别早，也特别鲜明，仿佛是在补偿着母亲的阵痛。我在果树前深深地受到了感动，好像我也感觉了那抽芽的心情。那是一种春天的心情，只有在最深的土地中才能探知。

我无法抑制心中的兴奋与感动，每天第一件事就是跑去园子，看那些喧哗的芽一片片长成绿色的叶子，并且有的还长出嫩绿的枝丫，逐渐在野风中转成褐色。有时候，我一天去看过好几次，感觉黄昏的落日里，叶子长得比当日黎明要大得多。那是一种奇妙的观察，确实能知道春天的讯息。春天原来是无形的，可是借着树上的叶、草上的花，我们竟能真切地触摸到春天！冬天与春天不像天上的两颗星那样遥远，而像同一株树上的两片叶子，那样密集地跨着步。

我离开农场的时候，春阳和煦，人也能感觉到春天的温暖了。园子里的果树也差不多长出整树的叶子，但是有两株果树却没有发出新芽，枝丫枯干，一碰就断落，它们已经在冬天里枯干了。

果园的主人告诉我，每一年过了冬季，总有一些果树就那样死去了，有些当年还结过好果的树也不例外，他也想不出什么原因，只说:"果树和人一样也有寿命的,短寿的可能未长果就夭折,有的活了五年,有的活了十几年,真是说不准的。奇怪的是,果树的死亡真没有什么征兆,有的明明果子长得好好的,却就那样地死去了……"

"真是奇怪,这些果树是同时播种,长在同一片土地上,受到相同的照顾,种类也都一样,为什么有的到了冬天以后就活不过来呢?"我问着。

我们都不能解开这个谜题,站在树前互相对望。夜里,我为这个问题而想得失眠了。果树在冬天落尽叶子,为何有的在春天不能复活呢?园子里的果树都还年轻,不应该这样就死去的。

"是不是有的果树不是不能复活,而是不肯活下去呢?就像有一些人失去了生的意志而自杀了?或者说在春天里发芽也要有心情,那些强悍的树被剪枝,它们用发芽来补偿,而比较柔弱的树被剪枝,则伤心得失去了对春天的期待与心情。树,是不是有心情的呢?"我这样反复地询问自己,知道难以找到答案,因为我只看到树的外观,不能了解树的心情。就像我从树身上知道了春的讯息,而我并不完全了解春天。

我想到,人世间的波折其实也和果树一样。有时候我们面临了冬天的肃杀,却还要被剪去枝丫,甚至流下了心里的汁液。有那些懦弱的,他就不能等到春天,只有永远保持春天的心情等待发芽的人，才能勇敢地过冬，才能在流血之后还能繁叶满树，然后结出比剪枝前更好的果。

多年以来，我心中时常浮现出那两株枯去的水蜜桃树，尤其是受到什么无情的波折与打击时，那两株原本无关紧要的树，它们的枯枝就像两座铁铸的雕塑，从我的心中撑举出来，我就对自己说："跨过去，春天不远了，我永远不要失去发芽的心情。"而我果然就不会被冬寒与剪枝击败，虽然有时静夜想想，也会黯然流下泪来，但那些泪在一个新的春天来临时，往往成为最好的肥料。

暹罗猫的一夜

朋友要出国前夕，坚持要送我一只暹罗猫，我虽然向来对猫没有什么好感，但朋友说："如果你不领养它，我只好把它捉到市场去放生。"听起来非常地不忍心，才决定要收养那只猫。

看到猫的时候，我很为它的娇小而感到吃惊，因为这只猫才出生十五天，而朋友为了安排在台湾的后事，早把它的母亲送人了，只是为了这只小猫吃奶的问题，母猫还一直没有送走。"你一捉走小猫，下午就有人会来把母猫带走。"朋友说。

我不禁惶恐起来，问说："可是这只小猫这么小，没有母亲的奶我怎么喂它呢？"

"去买个婴儿的奶瓶嘛！"朋友恶戏地说，"趁你还没有小孩，用猫来实习做父亲的滋味，我连名字都帮你取好了，叫Yoko！"

"为什么叫Yoko呢？"

"Yoko是日文名字，翻成中文是洋子。前几年被刺死亡的约翰·蓝侬（即约翰·列侬），他的日本老婆就叫作小野洋子，老外人人都叫她Yoko，Yoko是个好名字呢！"

我想起了年轻时代与朋友一起着迷于披头士音乐的景况，那时就对蓝侬身边那个神秘、敏感、充满了古典艺术气息又糅合了东方现代气质的像猫一样的女人充满了好感，忍不住笑了起来，对朋友说："好，我决定收养小野洋子。"

洋子初到我们家的时候，毛还没有长全，稀稀疏疏茸茸的一团，眼睛半睁半闭的，看起来十分弱不禁风，可是行动的快速却令我吃惊，它可以在一眨眼间飞奔过整个客厅，除非好意相求，否则无法逮住它。

我去买了一个最小号的奶瓶和奶嘴，回到家时才知道洋子的嘴巴张开到极限也不足以塞进奶嘴，它自己又不会吃，想要向朋友求告，他又刚刚才去了美国，眼看着洋子饿得乱转乱叫却又无法喂食，真把我急得一夜失眠。清晨点眼药水时灵机一动，就把整瓶眼药水挤光清洗干净，装了牛奶喂食，这下子十分灵光，总算让洋子吃了一顿牛奶大餐，虽然它食量奇小，一回只吃一瓶眼药水的量。

我用眼药水瓶子喂猫的消息很快地传开了，一时之间访客络绎不绝，都把洋子看成是我们新收养的女儿，有送奶粉的，有送罐头的，还有的周日接它到家里度周末，而洋子越来越美，又善于撒娇，我的朋友无非是打着如意算盘，等洋子生产以后能分到一只小暹罗猫。

我们确实把洋子当成是女儿一样，特别辟了一个房间给它，里面有一角还铺了沙堆，每日更换沙子，俨如一间高级套房，夜里还说故事给它听，一有空闲就带它出外散步，遇有较长的旅行也把它带在身边，只除了没有送它上学，现代人对于女儿的关心与疼爱我们大概都做到了。

洋子也不负众望，长得亭亭玉立，苗条修长，线条之文雅、姿势之优良真是罕有匹敌，它的毛色也不像其他暹罗猫身上披一团灰气，除了头尾稍带灰色，身上就像浅白的法兰丝绒，令人看了忍不住打心底喜欢。

它越长大一点就越发像个淑女，连叫声都是轻声娇嗔，不像小时候那样大吵大闹地胡来，有时候一天也不说一句话，只是窝在沙发里发呆或者梳理自己光洁的毛发。它吃东西和走路也开始有了讲究，吃东西时一定站得挺直有如淑女吃法国大餐，而且食量很小，很少把碗里的菜都吃完，用餐完毕还会抹抹嘴唇，把碗推到角落里去。走路更是细致，它从不走曲线，一向走的直线，无声无息地，像是顶着书练习走红毯的新娘。

不用说，它小时候随地大小便、哭闹不休、时常抓破椅背、拼死也不肯洗澡，喜欢舔人脚趾的坏习惯是早就改掉了。

太太看洋子变得那样淑女，也有一点喜不自胜，逢人便说："我家洋子如何如何……"时常说了半天，对方才知道话题的中心只是一只猫，因为她说起洋子的时候，脸上流露着母亲的光辉。有时候她抱起洋子亲了又亲，用十分不舍的样子对我说："你应该给你的女儿找个婆家了。"

这话说得也是，洋子再怎么说也是一只纯种的暹罗猫，总该找一只可以和它匹配的公猫，这种事女儿通常不好意思开口，做父亲的只好担起重责大任。我便先从亲戚朋友的名单中找养暹罗猫的家庭，还不时到宠物店里去寻找较好的血统，前前后后一共看了二十几只暹罗猫，最后选中了三只。我选女婿的条件非常简单，就是：一、身家清白，二、无不良嗜好，三、外貌英挺，四、身体健康，其他学历、年龄等等不在考虑之列。对方的条件也十分简单，生下来的儿女对半均分，如果是单数则女儿多分一只，如果是独生子就归女方所有。

这三位乘龙快婿于是开始分批住进我们家里来，先来的一只最年轻，夜里洋子房间怪叫连连，我对妻子说："好事已经成了，其余两只可要退聘了。"第二天打开洋子的房内，屋里一团混乱，洋子蹲在墙角气呼呼地看着我，它的夫婿则是一溜烟跑到客厅，我趋前查看，才看到那只公猫的前胸后背都受了伤。这倒使我纳闷起来，不知道发生何事，只好帮公猫敷药送还它的主人，而洋子几天都不说话，我心想处女变成新娘大概都是如此，并未特别注意。但是经过很长时间，洋子都没有怀孕的迹象倒使我着急起来，不得不找来第二个女婿，当夜的情形也和洋子的初夜一样，吵闹不休，第二天这只年纪稍大颇有经验的公猫也负伤而出。

洋子的肚子仍然没有消息，但它显然开始不安于室了。每天在大门口走来走去，不安地徘徊，不时低声地呜咽。到了夜里更是大声小叫，如婴儿夜啼，再也不肯睡在房间里，每天都在窗户边张望。妻子看了不忍，说："还是放它出去吧，这样也不是办法。"我是坚持不许的，就像严格的父亲不准女儿在外面过夜，我说："如果这一刻放它出去，生了小猫我们一定会后悔的，还是给它找一位门当户对的吧！"当天火速进行，把第三位女婿请来，这个女婿可不是吴下阿蒙，它是宠物店中的种猫，娶过的女子何止千百，宠物店老板还拍胸脯保证百发百中，我看它老成持重的样子也就放了心，当夜让它们同房。

不幸的是，这第三位女婿也是负伤而出。这下子令我大惑不解，不敢确定洋子所要的是什么，如果它不肯

出嫁，那何至于夜夜在窗口叫春呢？如果它正合适于出嫁，为什么又对我们所挑选的门当户对的女婿不满呢？如果它的搏斗奋战是对我的抗议，我是不是应该让步，让它去找自己所要的呢？

不行！我在心里这样呐喊，因为我知道一旦把洋子放出去的结果。它从小就在这样小的空间长大，出去不认得路，很可能就沦为街上的野猫，即使认得路回来，一定肚子里要怀着马路上的野种，这是做父亲的不能忍受的事。

于是洋子又在我的禁令之下，在家里吵闹了几个礼拜，我则忙于给它物色新的公猫，这时我稍作让步，除了暹罗猫以外，波斯猫也行，说不定洋子喜欢洋人哩！

有一天回到家里，我惊奇地发现客厅落地窗的纱窗被抓破了一个大洞，而洋子却不见了踪影。很显然，它是趁我们不在抓破纱窗，越墙而去。洋子的离家出走，使我们陷进了忧伤的境地中，好像一年来抚养、疼惜它的心神都白费了，也破坏了我们对它未来的妥善安排。

三天以后，洋子回来了，它蹲在楼梯口，看到我们，深深地把头垂了下来，它全身像在泥巴里打滚过，而且浑身都是抓伤还未愈合的伤口。我只好帮它洗澡疗伤，好像父亲迎接离家归来的女儿，不忍责问它的去处，洋子则除了眼神，一直是默默地，不肯叫一声。

洋子终于怀孕了，我们只有忍痛接受了这个事实。几个月以后它生出了五只小猫，一只是白的，两只花的，两只黑的。而且两只花的也不同，一只有白趾；两只黑的又不同，一只的尾巴呈灰色。可以说五只小猫长得都不一样，除了身形还有一点暹罗猫的迹象，其他看起来就像街上到处翻垃圾找东西吃的野猫。我们看了以后大失所望，洋子大概也能了解我们这种心情，尽量把它的小孩移到隐秘的地方，有时候一天迁移两次，我们看了也于心不忍，只好承认它和它的孩子，并且开始给它买鱼坐月子。

一直到现在我还是不能明白，洋子为什么不肯接受我们的安排，宁可到街上去找它的对象呢？它是真的喜欢那些街上的野猫吗，还是只是为了抗拒我们所给它的安排？只是小孩子对父母的必然的反叛吗？

它到底在想什么呢？它挣脱着离家出走那一个晚上做了些什么？它的小猫是和什么样的公猫生的？是一只公猫呢？还是几只公猫？怎么小猫的颜色都不一样呢？

这些对我都是永远不能解开的谜题了，但是洋子的出走却启示了我的视野，了解到情感是非常微妙的东西，即使小小的一只猫都是争取着情感的自主和自由的吧！那么何况是一个人呢？做父母的人不明白这个道理，所以这个世界将会不断地有类似的悲剧发生。

当我把小猫载到市场放生时，想到我家洋子为了争取情感自由所付出的代价，差些激动得落下泪来，因为这五只杂种猫没有人愿意收养，它们日后也将步上父亲流落街头的命运，而洋子在为自己抗争时是未曾想过这些的吧！

　　洋子比以前更成熟，似乎在这一次的教训里长大了许多，只是这个教训的代价未免太大了！

这些对我都是永远不能解开的谜题了，但是洋子的出走却启示了我的视野，了解到情感是非常微妙的东西，即使小小的一只猫都是争取着情感的自主和自由的吧！那么何况是一个人呢？

寻找失落的心

子子孙孙永宝用

在台北故宫博物院看见了闻名的毛公鼎,是周朝的器物,原来是用来盛饭的,也可以说是周朝的饭锅。

"周朝就有这么美的饭锅!"这个想法使我站在毛公鼎前,不禁产生庄敬的心情。

这时,我看见了毛公鼎内的铭文,无非是一些教示子孙的言句,想到毛公不把对子孙的训勉刻在别的地方,却刻在饭锅底部,这里面十分有深意。因为刻在书房,子孙不一定爱读书;刻在厅堂,子孙也不一定常进厅堂;刻在门柱,房子可能毁坏或改建。不如刻在饭锅吧!因为子孙人人都要吃饭,餐餐都要吃饭。而且,盛饭的铜鼎是永不会毁坏的。

想到毛氏的子孙每一餐吃饭,只要把饭盛干净了,就会读到祖先留下来的教言,继而心中充满孺慕之情,那是多么美的画面呀!

我站在鼎前读着毛公的教示,读到最后一句是"子子孙孙永宝用",心中为之一凛,这毛公鼎有近三千年的历史了,果然留到现在。

　　使我动容的倒不是毛公鼎的历史,而是毛公在刻这一句话的心情,"子子孙孙永宝用",这是古人追求美好到极致的证明,即使是一只饭锅,也要做到完美能世代留传,那种心情是多么崇高可敬。博物院里面的东西都是由于这崇高和追求美好的心情而创造的。

　　放眼现代,有谁在做一件东西时,有"子子孙孙永宝用"的雄心壮志呢?一件东西用个一年半载还未坏掉,就很谢天谢地、阿弥陀佛了。

　　我每次在夜里走过台北市的垃圾堆,心里的感慨都很深,因为常常看到大型垃圾被丢弃,冰箱、电视机、洗衣机、床、门板、沙发等等,有很多还是半新的。在这个时代,制造的人没有"子子孙孙永宝用"的心,使用者也没有"子子孙孙永宝用"的情,才会制造出这么多的垃圾吧!

　　由于垃圾无止境的泛滥,我们的土地和海洋也快要不能"子子孙孙永宝用"了。

　　放在橱窗里的毛公鼎还像是新的,有纯铜的美丽光泽,它美了三千年,仿佛站在时间的长河上面,看着现代人制造的垃圾在河面上载沉载浮，漂流而去。

"子子孙孙永宝用"在毛公鼎上有深深的刻痕，那么浪漫悠远。对比着速食文化的变动无常，我生起了一种淡淡的悲情。

肉形玉

台北故宫博物院的馆藏很多，但是看到时必会引起一阵惊呼的不多，肉形玉是其中的一件。

肉形玉会引人惊呼，是因为作为一块玉石，它却太像肉了，而且是一块熟透的、卤过的、看起来十分美味的东坡肉。不仅肉的间层清清楚楚，连皮上的毛细孔都明晰可见。

肉形玉是天然生成的，但是发现它和琢磨它的匠人，显然更是有非常锐利的眼睛，发现了玉石中那象形的部分，突破了石头的本质。

正如我的一个朋友说："太像肉了，如果要看卤肉，在家里的厨房看就好了，何必跑到博物院呢？"

我想，肉形玉的美，是在它"长得"和肉一模一样，而它终究是一块玉。

肉形玉的美，是它的天然，没有经过裁切与雕琢，在这一点，我觉得它的成就还胜过翠玉白菜与白玉苦瓜，乃至荷叶笔洗、白玉莲藕，它们也同样是象形，也同样地微妙，但与肉形玉比起来，就未免"造作"了。

美丽的玉是由"本质"与"形式"共同来完成的，本质是天成，形式则是眼的观察、心的思维、手的灵巧共同创造，因此，肉形玉的惊呼，是来自玉本身的象形，也来自观察、思维、灵巧的联想。

每一次，我带朋友去台北故宫博物院，都会带他们去看那一块肉形玉，并且再一次深思本质与形式的问题。

如果以佛家的说法，人人的本质都是一块美玉，但为什么大部分的人不能呈现出美玉的一面呢？是因为我们缺乏觉观的眼睛，来看见美玉的质地。也因为我们没有新的思维，去会意美玉的价值。或许更因为我们没有灵巧的手来琢磨，呈现出那最完美的形式。

在我看到肉形玉、翠玉白菜、荷叶笔洗而惊叹的时候，内心里也会感到失落，想到在长远的历史之河，必然有更多的美玉被埋没。有的是好本质未被发现；有一些是所遇非人，好本质未被开发；有一些则是琢磨失败，成为次级品或废弃物。

人比玉幸运的是，玉只要雕琢失败就永远失败了，但人每天都是一个新契机，曾经挫败的生命也有可能重建美好的生活。

本质或许已经定型，形式则永在创建，我想，基于这种改变的信心，正是我们提升性灵、信仰宗教、趋向净土的理由吧！

寻宝

从国外回来的朋友,如果是喜欢古董的,我会介绍他们去两个一定要去的地方,一当然是台北故宫博物院了,二是光华商场。

对于爱古董的人,光华商场才是真正有考验的地方,不仅考验荷包,也考验眼光。

与台北故宫博物院最不同的地方是,光华商场所看到的全都是可以买来拥有的,这大大满足我们的欲望。而且如果我们眼光够好,可以用便宜的价钱买到真正的宝物,这就大大地满足我们的虚荣。

一个魏晋的铜佛,有的人花一万元买到,有的花了十万元,也有人花了百万元的。

一个宣德的香炉价格,可以从五千元到二十万元。

也可以说,我们的眼睛是很值钱的。

近几年,每到星期六、星期日,光华商场会群聚许多古董贩子,大部分是来自香港、澳门,小部分是台湾本地人。听说不管是香港、澳门还是台湾,凡是在这里摆摊卖古董的,都几乎每周来往于香港、澳门、台湾这几个地方。

卖古董的,不一定很爱古董,古董只是他们谋生的工具,他们更爱的是钱,只要有钱,什么古董都可以买到,所以买卖的筹码其实是在买的人手里。

卖古董的，不一定很懂古董，古董只是他们的货品，他们考虑利润胜过考虑价值，所以有好眼光的人才能廉价买到有价值的古董。

只要有空，我在周末的时候就会去逛逛光华商场，每一个摊子都令我乐趣无穷，甚至连杀价都是乐趣无穷的事，使我感觉像是"每个星期都去买一些历史回家"。久而久之，发现来买古董或卖古董的人都很可爱，他们都是"在实用之外，腾出一些空间的人"，"在无用的东西里，寻找宝藏的人"。

从实用的现代生活看来，古董确是毫无用处的，只是，"不做无用之事，何以遣有涯之生"呢！

我喜欢闽南话里把古董商说成"古物商"，把古董摊子叫"古物堆"，我们正是在古物堆中的破铜烂铁中寻访宝藏，那不也是在寻找我们的眼睛吗？

生活也是如此，我们在凡俗生活中追寻更恒久的价值，那是在找回失落的眼睛。

我们作为凡夫，渴望着完美、圆满、究竟，体验那更深沉的智慧，那是在寻觅失落的心。

清净之莲

偶尔在人行道上散步，忽然看到从街道延伸出去，在极远极远的地方，一轮夕阳正挂街的尽头，这时我会想：如此美丽的夕阳，实在是完美预示了一天即将落幕。

偶尔在某一条路上，见到木棉花叶落尽的枯枝，深褐色的它孤独地站在街边，有一种萧索的姿势，这时我会想：木棉花又落了，人生看美丽木棉花的开放能有几回呢？

偶尔在路旁的咖啡座，看绿灯亮起，一位衣着素朴的老妇，牵着衣饰绚如春花的小孙女，匆匆地横过马路，这时我会想：那年老的妇人曾经是花一般美丽的少女，而那少女则有一天会成为牵着孙女的老妇。

偶尔在路上的行人在陆桥站住，俯视着在陆桥下川流不息、往四面八方奔窜的车流，却感觉那样的奔驰仿佛是一个静止的画面，这时我会想：到底哪里是起点？而何处才是终站呢？

偶尔回到家里,打开水龙头要洗手,看到喷涌而出的清水,急促地流淌,突然使我站在那里,有了深深的颤动,这时我想着水龙头流出来的好像不是水,而是时间、心情,或者是一种思绪。

偶尔在乡间小道上,发现了一株被人遗忘的蝴蝶花,形状像极了凤凰花,却比凤凰花更典雅,我倾身闻着花香的时候,一朵蝴蝶花突然飘落下来,让我大吃一惊,这时我会想:这花是蝴蝶的幻影,或者蝴蝶是花的前身呢?

偶尔在静寂的夜里,听到邻人饲养的猫在屋顶上为情欲追逐,互相惨烈的嘶叫,让人的寒毛全部为之竖立,这时我会想:动物的情欲是如此的粗糙,但如果我们站在比较细腻的高点来回观人类,人不也是那样粗糙的动物吗?

偶尔在山中的小池塘里,见到一朵红色的睡莲,从泥沼的浅地中昂然抽出,开出了一句美丽的音符,仿佛无视于外围的染着,这时我会想:呀!呀!究竟要怎么样的历练,我们才能像这一朵清净之莲呢?

偶尔,我们也是和别人相同地生活着,可是我们让自己的心平

静如无波之湖，我们就能以明朗清澈的心情来照见这个无边的复杂的世界，在一切的优美、败破、清明、污浊之中都找到智慧。我们如果是有智慧的人，一切烦恼都会带来觉悟，而一切小事都能使我们感知它的意义与价值。

在人间寻求智慧也不是那样难的，最要紧的是，使我们自己有柔软的心，柔软到我们看到一朵花中的一片花瓣落下，都使我们动容颤抖，知悉它的意义。

唯其柔软，我们才能敏感；唯其柔软，我们才能包容；唯其柔软，我们才能精致；也唯其柔软，我们才能超拔自我，在受伤的时候甚至能包容我们的伤口。

柔软心是大悲心的芽苗，柔软心也是菩提心的种子，柔软心是我们在俗世中生活，还能时时感知自我清明的源泉。

那最美的花瓣是柔软的，那最绿的草原是柔软的，那最广大的海是柔软的，那无边的天空是柔软的，那在天空自在飞翔的云，最是柔软！

我们心的柔软，可以比花瓣更美，比草原更绿，比海洋更广，比天空更无边，比云还要自在。柔软是最有力量，也是最恒常的。

且让我们在卑湿污泥的人间，开出柔软清净的智慧之莲吧！

唯其柔软,我们才能敏感;
唯其柔软,我们才能包容;
唯其柔软,我们才能精致;
也唯其柔软,我们才能超拔自我,在受伤的时候甚至能包容我们的伤口。

出神与入化

出神与入化

冬季奥运会的花式滑冰,常常使我震撼。

那些选手,不分男女、不论国籍,个个都是如此美丽、优雅,他们完全由曲线组成的运动,使人有一种圆满的感觉。

这种圆满的感觉,不知道是多少汗水累积而成的。

除了圆满的曲线滑行,最撼人的是跳跃,腾起来在空中迅速转三圈,精确无比地落地,脸上还带着笑容。这使我想起奥运的十米高台跳水,正面旋转三周,侧体旋转两周半,笔直入水,只溅起些微的浪花。

伟大的运动员在追求巅峰时的精进力,比赛时专注的禅定力,失败时的忍辱力,以及脱颖而出的智慧力,是令人赞叹的,恐怕在精进、禅定、忍辱、智慧的修持上并不逊于禅师。

反过来说,修行者也应该有运动员的精神,不断追求灵性的巅峰,永远与自己的负面意识比赛,突破成败的分别,开展智慧与观点的搏击。

运动员与修行者最大的不同,大概是在"无我"与"慈悲"

吧！运动员是出神，修行者是入化。

那么我们可以大胆推论，一个伟大的运动员如果转化了自我与悲心，开悟实在是举重若轻的事。

世间的一切行业不也是这样吗？

我们在自己的生活里，偶尔会有出神忘我的境界，也能化入无我与慈悲，生活的修行是无所不在的。

诗与师

读《指月录》或其他的禅宗典籍，里面常有公案与故事。

其中最令我好奇的是，几乎所有的禅师开悟时都喜欢写诗，有的还写很多诗。这就奇怪了，号称不立文字的禅宗祖师，为什么这样爱写诗呢？

读古代诗人的诗，也有一个有趣的观点，凡是写诗写到极高的境界，都会有禅意与禅趣，像陶渊明、王维、李白、白居易、苏东坡等等，都有许多充满禅意禅味的作品，甚至被禅师拿来引为到达开悟境界的证明。

这是多么有趣的观点，到底是禅师开悟时写的诗高呢，还是诗人臻至禅境时写的诗高呢？

两者不一定要比高，但两者一定是相通的。

我深信写诗是心灵的提升，修行也是心灵的提升，中间并没有什么区隔，一个诗人写到进无可进，往往就入了禅境；而一个禅师在悟道时，往往是充满感受与诗情的。

诗人因出神而入化。

禅师因入化而出神。

不只是诗吧！生命的每一个界面，生活的每一种转变，如果是不断提升了心灵，就是在迈入禅道。

这也是为什么禅宗的故事与公案里，禅师都是在行动中、生活里开悟，很少坐在蒲团上开悟的原因吧！

禅师不必学作诗，自会有诗情。

诗人也不一定学禅，自会有禅境。

但是在很高的境界，能互相流动、互相照亮，到那时，"诗"与"师"又有什么分别呢？

大佛的避雷针

春节时，我到南部乡下几个寺庙去参访，发现台湾的大佛越来越多，高达十几层楼的佛像到处都是。

有一天，我带孩子去参观一个新落成的大佛，有一百多米高。

孩子问："爸爸，大佛的头上为什么要装避雷针呢？"

我说："因为怕被雷打中呀！"

孩子说："在天上是不是雷公最大？不然，佛为什么会怕被雷打中呢？"

从那一次以后，我特别注意到所有的大佛头上都有一支避雷针，这真是有趣的发现。

我们在拜的佛像，祈求保佑我们平安的佛像，自己也怕被雷打中哩！

可见，佛像不是佛，有佛的心才是佛。

人因为蒙蔽了自己的佛心，很多人就把佛像当成避雷针，人如果开启了自己的佛心，就不需要避雷针，也不需要佛像了。

佛像需要避雷针，是由于佛像太巨大了。

人需要佛像，是由于自我与贪婪太巨大了。

我们把佛像盖得很巨大，那是因为我们渴望巨大、不屑于向渺小的事物礼敬。

很少人知道渺小其实是好的，唯有自觉渺小的人，才能见及世界如此开阔而广大。

把佛像盖得很大很大,那是"出神"的境界。

知道佛是无所不在、无处不在的,那是"入化"的境界。

权势、名位、财富很大很大,那是"出神"。

掌大权、有名位、大富有的人还能自觉很渺小,那是"入化"。

"出神"与"入化"的差别,就是避雷针。

入于化境的人,心中无挂碍、无恐怖,远离颠倒梦想,又何须避雷针呢?

之名捐建"贵和小学"，此後，两人走过内地许多城乡，撒播文学种子。他們也在新竹市中心捐建图书中心，取名為"林清玄万卷图书馆"，造福鄉里。

林清玄写作超过四十五年，著书兩百餘部，作品曾被许多国家选进课本，先後曾在大陸、就有令与時南宾館》《桃花心木》《百合花开》《鞋匠的兒子》被选入小学语文课本。中考被选入考题超过百次。《陽光的味道》《心田上的風景》曾被选入高考考题而轟動一時。

林清玄曾獲獎无数，三十岁前就得遍台湾重要的文學獎項，還被选為"十大成功人物"、"坚看那些課外書，有一天讀讀書，突然……課外書那麼好看，而學校的課業那麼難，讀書……作家？我長大也要寫好看的書給……一天開始，林清玄立志要成為像……一切都是從立志當作家開始的，為了……林清玄更勤於閱讀、敏於生活、追尋思想和靈感，練習表達。小學時期，他每天寫五百……美感。有了……的文章，初中，每天寫一千字，高中，寫二千……一段，初中，每天寫三千字，從不間斷，林……學的文章……走了萬里路，林……

天寒露重
望君保重

怀君属秋夜，
散步咏凉天。
空山松子落，
幽人应未眠。

天寒露重,望君保重

寂寞秋霜树,
绿红各几枝。
冬来寒气至,
天涯飘零时。

——林清玄

到阳明山看樱花,春日的樱花一片繁华,仿如昨夜未睡的红星携手到人间游玩,来不及回到天上。

在每年樱花盛开的时候,我都会感到恋恋,隔个两三天总会到山上与樱花见面。

我喜欢在樱花林中散步,踩过满地的落英。这人间是多么繁华呀!人间的繁华又是多么容易凋落呀!樱花给我的启示是,不管时间是多么短暂,都要把一切的生命用来开放,如果盛放的时刻是美的,凋落时尽管无声,也会留下美的痕迹。

与樱花的相会,我总感觉与樱花的心灵相映,我们的心里保留了天地的爱、保存了美,才能在春风吹拂之前,温柔地点燃。

穿过樱花林,去泡个温泉吧!

阳明山的白温泉，如梦的乳花，使人觉得不似在人间，尤其坐在露天的温泉土坡，俯望着小草山，看山间日暮的浓雾迤逦前来，将整片山林包覆。

山是温柔，雾是温柔，樱花是温柔，心是一切温柔的起点，我愿能常保这一切温柔的心情。

我泡在温泉池里，看着茫茫白雾，突然从心底冒出了一句话："天寒露重，望君保重。"

这是妈妈写信给我时最常用的句子。

我十五岁就离开家乡，在远地的城市读高中，每个星期，妈妈总会写信给我。也许是受日本教育的缘故，妈妈的信有固定的格式，信封上她写的是"林清玄君样"。春天，她常在信末写着"春日平安"；到了冬天，她总是写"天寒露重，望君保重"。

从高中时代到大学毕业，妈妈的问候语从未改变，一直到我装了电话，妈妈才停止写信给我。每年冬天的每个周末，我都期待着接到母亲的信，每当我看到"天寒露重，望君保重"时，内心总会涌起无限的暖流，在这么简短的语言里，蕴藏了妈妈深浓的爱意，爱是弥天盖地的，比雾还浓。

与内心深刻的情意相比，文字显得无关紧要，作为一个作家想要描摹情意，画家想要涂绘心境，音乐家想要弹奏思想，都只是勉力为之。我们使用了许多复杂的技巧、细致的符号、美丽的象征、丰富的譬喻，到最后才发现，往往最简单的最能凸显精神，最素朴的最有隽永的可能。

我们花许多时间建一座殿堂，最终被看见的只是小小的塔尖，在更远的地方，或者连塔尖也不见，只能听到塔里的钟声。

"天寒露重，望君保重。"这是母亲给我的生命的钟声，在母亲离世多年以后，还温暖着我，使我眼眶湿润。

简单，而有丰沛的爱。

平常，而有深刻的心。

这是母亲给我的最美好的遗产，她的一生充满简单生活的美，美在自然，美在简单，美在含蓄。

我的文学，也希望能不断地趋近那样的境界。

洗去了一切的尘埃，我带着淡淡的硫黄香气下山，摇下车窗，让山风吹拂脸颊。山风温柔无语，带着无可言说的芬芳穿过来、穿过去。山樱的红，枫叶的橙，茶花的白，也随山风迎面。

"天寒露重，望君保重。"我轻轻朗诵着母亲的话语，感觉这句话就可以供养天地。

感觉，在遥远的、如梦的、不可知仙境的妈妈，也能微笑垂听。

期待父亲的笑

父亲躺在医院的加护病房里，还殷殷地叮嘱母亲不要通知远地的我，因为他怕我在台北工作时担心他的病情。还是母亲偷偷叫弟弟来通知我，我才知道父亲住院的消息。

这是典型的父亲的个性，他是不论什么事总是先为我们着想，至于他自己，倒是很少注意。我记得在很小的时候，有一次父亲到凤山去开会，开完会他到市场去吃了一碗肉羹，觉得是很少吃到的美味，他马上想到我们，先到市场去买了一个新锅，买一大锅肉羹回家。当时的交通不发达，车子颠簸得厉害，回到家时肉羹已冷，且溢出了许多，我们吃的时候已经没有父亲所形容的那种美味。可是我吃肉羹时心血沸腾，特别感到那肉羹是人生难得，因为那里面有父亲的爱。

在外人的眼中，我的父亲是粗犷豪放的汉子，只有我们做子女的知道他心里极为细腻的一面。提肉羹回家只是一端，他不管到什么地方，有好的东西一定带回给我们，所以我童年时代，父亲每次出差回来，总是我们最高兴的时候。

他对母亲也非常体贴，在记忆里，父亲总是每天清早就到市场去买菜，在家用方面也从不让母亲操心。这三十年来我们家都是由父亲上菜场,一个受过日式教育的男人,能够这样内外兼顾是很少见的。

父亲的青壮年时代虽然受过不少打击和挫折,但我从来没有看过父亲忧愁的样子。他是一个永远向前的乐观主义者,再坏的环境也不皱一下眉头,这一点深深地影响了我,我的乐观与韧性大部分得自父亲的身教。父亲也是个理想主义者,这种理想主义表现在他对生活与生命的尽力,他常说:"事情总有成功和失败两面,但我们总是要往成功的那个方向走。"

他的乐观和理想主义,使他成为一个温暖如火的人,只要有他在就没有不能解决的问题,就能使我们对未来充满希望。他也是个风趣的人,再坏的情况下,他也喜欢说笑,从来不把痛苦给人,只为别人带来笑声。

小时候,父亲常带我和哥哥到田里工作,透过这些工作,启发了我们的智慧。例如我们家种竹笋,在我没有上学之前,父亲就曾仔细地教我怎么去挖竹笋,怎么看土地的裂痕,才能挖到没有出青的竹笋。二十年后我到竹山去采访笋农,曾在竹笋田里表演了一手,使得笋农大为佩服。其实我已二十年没有挖过笋,却还记得父亲教给我的方法,可见父亲的教育对我影响多么大。

由于是农夫,父亲从小教我们农夫的本事,并且认为什么事都应从农夫的观点出发。像我后来从事写作,刚开始的时候,父亲就常说:"写作也像耕田一样,只要你天天下田,就没有不收成的。"他也常叫我不要写政治文章,他说:"不是政治性格的人去写政治文章,就像种稻子的人去种槟榔一样,不但种不好,而且常会从槟榔树上摔下来。"

他常教我多写些于人有益的文章,少批评骂人,他说:"对人有益的文章是灌溉施肥,批评的文章是放火烧山;灌溉施肥是人可以控制的,放火烧山则常常失去控制,伤害生灵而不自知。"他叫我做创作者,不要做理论家,他说:"创作者是农夫,理论家是农

会的人。农夫只管耕耘，农会的人则为了理论常会牺牲农夫的利益。"

父亲的话中含有至理，虽然他生平并没有写过一篇文章。他是用农夫的观点来看文章，每次都是一语中的，意味深长。

有一回我面临了创作上的瓶颈，回乡去休息，并且把我的苦恼说给父亲听。他笑着说："你的苦恼也是我的苦恼，今年香蕉收成很差，我正在想明年还要不要种香蕉，你看，我是种好呢，还是不种好？"我说："你种了四十多年的香蕉，当然还要继续种呀！"

他说："你写了这么多年，为什么不继续呢？年景不会永远坏的。假如每个人写文章写不出来就不写了，那么，天下还有大作家吗？"

我自以为在写作上十分用功，主要是因为我生长在世代务农的家庭。我常想：世上没有不辛劳的农人，我是在农家长大的，为什么不能像农人那么辛劳？最好当然是像父亲一样，能终日辛劳，还能利他无我，这是我写了十几年文章时常反躬自省的。

母亲常说父亲是劳碌命，平日总闲不下来，一直到这几年身体差了还时常往外跑，不肯待在家里好好休息。他是那种有福不肯独享，有难愿意同当的人。

他年轻时身强体壮，力大无穷，每天挑两百斤的香蕉来回几十趟还轻松自在。我还记得他的脚大得像船一样，两手摊开时像两个扇面。一直到我上初中的时候，他一手把我提起还像提一只小鸡，

可是也是这样棒的身体害了他，他饮酒总不知节制，每次喝酒一定把桌底都摆满酒瓶才肯下桌，喝一打啤酒对他来说是小事一桩，就这样他把身体喝垮了。

在六十岁以前，父亲从未进过医院，这三年来却数度住院，虽然个性还是一样乐观，身体却不像从前硬朗了。这几年来如果说我有什么事放心不下，那就是操心父亲的健康，父亲一天天消瘦下去，真是令人心痛难言。

父亲有五个孩子，这里面我和父亲相处的时间最少，原因是我离家最早，工作最远。我十五岁就离开家乡到台南求学，后来到了台北，工作也在台北，每年回家的次数非常有限。近几年结婚生子，工作更加忙碌，一年更难得回家两趟，有时颇为自己不能孝养父亲感到无限愧疚。父亲很知道我的想法，有一次他说："你在外面只要向上，做个有益社会的人，就算是有孝了。"

母亲和父亲一样，从来不要求我们什么，她是典型的农村妇女，一切荣耀归给丈夫，一切奉献都给子女，比起他们的伟大，我常觉得自己的渺小。

我后来从事报道工作，在各地的乡下人物里，常找到父亲和母亲的影子，他们是那样平凡、那样坚强，又那样伟大。我后来的写作里时常引用村野百姓的话，很少引用博士学者的宏论，因为他们是用生命和生活来体验智慧，从他们身上，我看到了最伟大的情操,以及文章里最动人的素质。

我常说我是最幸福的人,这种幸福是因为我童年时代有好的双亲和家庭,我青少年时代有感情很好的兄弟姐妹;进入中年,有许多知心的朋友。我对自己的成长总抱着感恩之心,当然,这里面最重要的基础是来自我的父亲和母亲,他们给我树立了一个乐观、有关怀、良善、进取的人生观。

我能给他们的实在太少了,这也是我常深自忏悔的。有一次我读到《佛说父母恩重难报经》,佛陀这样说:

假使有人,为于爹娘,手执利刀,剜其眼睛,献于如来,经百千劫,犹不能报父母深恩。

假使有人,为于爹娘,亦以利刀,割其心肝,血流遍地,不辞痛苦,经百千劫,犹不能报父母深恩。

假使有人,为于爹娘,百千刀戟,一时刺身,于自身中,左右出入,经百千劫,犹不能报父母深恩……

读到这里,不禁心如刀割,涕泣如雨。这一次回去看父亲,想到这本经书,在病床边强忍着要落下的泪,这些年来我是多么不孝,陪伴父亲的时间竟是这样的少。

母亲也是,有一位也在看护父亲的郑先生告诉我:"要知道你父亲的病情,不必看你父亲就知道了,只要看你妈妈笑,就知道病情好转,看你妈妈流泪,就知道病情转坏,他们的感情真是好。"

为了看顾父亲,母亲在医院的走廊打地铺,几天几夜都没能睡个好觉。父亲生病以后,她甚至还没有走出医院大门一步,人瘦了一圈,一看到她的样子,我就心疼不已。

但愿,但愿,但愿父亲的病早日康复。以前我在田里工作的时候,看我不会农事,他会跑过来拍我的肩说:"做农夫,要做第一流的农夫;想写文章,要写第一流的文章;要做人,要做第一等人。"然后觉得自己太严肃了,又说,"如果要做流氓,也要做大尾的流氓呀!"然后父子两人相顾大笑,笑出了眼泪。

我多么怀念父亲那时的笑。

也期待再看父亲的笑。

飞入芒花

母亲蹲在厨房的大灶旁边,手里拿着柴刀,用力劈砍香蕉树多汁的叶茎,然后把剁碎的小茎丢到灶中大锅,与泔水同熬,准备去喂猪。

我从大厅迈过后院,跑进厨房时正看到母亲额上的汗水反射着门口射进的微光,非常明亮。

"妈,给我两角。"我靠在厨房的木板门上说。

"走!走!走!没看到没闲吗?"母亲头也没抬,继续做她的活儿。

"我只要两角钱。"我细声但坚定地说。

"要做什么?"母亲被我这异乎寻常的口气触动,终于看了我一眼。

"我要去买金啖。"金啖是三十年前乡下孩子唯一能吃到的糖,浑圆的,坚硬的糖球上面沾了一些糖粒。一角钱两粒。

"没有钱给你买金啖。"母亲用力地把柴刀剁下去。

"别人都有,为什么我们没有?"我怨愤地说。

"别人是别人,我们是我们,没有就是没有,别人做皇帝你怎么不去做皇帝!"母亲显然动了肝火,用力地剁香蕉树的叶茎。柴刀砍在砧板上咚咚作响。

"做妈妈是怎么做的？连两角钱买金啖都没有？"

母亲不再作声，继续默默工作。

我那一天是吃了秤砣铁了心，冲口而出："不管怎样，我一定要！"说着就用力地踢厨房的门板。

母亲用尽力气，柴刀"咔"的一声站立在砧板上，顺手抄起一根生火的竹管，气急败坏地一言不发，劈头盖脑就打了下来。

我一转身，飞也似的蹦了出去，平常，我们一旦忤逆了母亲，只要一溜烟跑掉，她就不再追究，所以只要母亲一火，我们总是一口气跑出去。

那一天，母亲大概是气极了，并没有转头继续工作，反而快速地追了出来。我正奇怪的时候，发现母亲的速度异乎寻常地快，几乎像一阵风一样，我心里升起一种恐怖的感觉，想到脾气一向很好的母亲，这一次大概是真正生气了，万一被抓到一定会被狠狠打一顿。母亲很少打我们，但只要她动了手，必然会把我们打到讨饶为止。

边跑边想，我立即选择了那条火车路的小径，那是家附近比较复杂而难走的小路，整条都是枕木，铁轨还通过旗尾溪，悬空架在上面，我们天天都在这里玩耍，路径熟悉，通常母亲追我们的时候，我们就选这条路跑，母亲往往不会追来，而她也很少把气生到晚上，只要晚一点回家，让她担心一下，她气就消了，顶多也只是数落一顿。

那一天真是反常，母亲提着竹管，快步地跨过铁轨的枕木追过来，好像不追到我不肯罢休。我心里虽然害怕，却还是有恃无恐，因为我的身高已经长得快与母亲平齐了，她即使用尽全力也追不上我，何况是在火车路上。

我边跑还边回头望母亲，母亲脸上的表情是冷漠而坚决的。我们一直维持着二十几米的距离。

"哎哟！"我跑过铁桥时，突然听到母亲惨叫一声，一回头，正好看到母亲扑跌在铁轨上面，噗的一声，显然跌得不轻。

我的第一个反应是：一定很痛！因为铁轨上铺的都是不规则的碎石子，我们这些小骨头跌倒都痛得半死，何况是母亲？

我停下来，转身看母亲，她一时爬不起来，用力搓着膝盖，我看到鲜血从她的膝上汩汩流出，鲜红色的，非常鲜明。母亲咬着牙看我。

我不假思索地跑回去，跑到母亲身边，用力扶她站起，看到她腿上的伤势实在不轻，我跪下去说："妈，您打我吧！我错了。"

母亲把竹管用力地丢在地上，这时，我才看见她的泪从眼中急速地流出，然后她把我拉起，用力抱着我，我听到火车从很远很远的地方开过来。

我用力拥抱着母亲说:"我以后不敢了。"

这是我小学二年级时的一幕,每次一想到母亲,那情景就立即回到我的心间,重新显影,我记忆中的母亲,那是她最生气的一次。其实,母亲是个很温和的人,她最不同的一点是,她从来不埋怨生活,很可能她心里也是埋怨的,但她嘴里从不说出,我这辈子也没听她说过一句粗野的话。

因此,母亲是比较倾向于沉默的,她不像一般乡下的妇人喋喋不休。这可能和她的教育与个性都有关系,在母亲的那个年代,她算是幸运的,因为受到初中的教育,日据时期的乡间能读到初中已算是知识分子了,何况是个女子。在我们那方圆几里内,母亲算是知识丰富的人,而且她写得一手娟秀的字,这一点是我小时候常引以为傲的。

我的基础教育都是来自母亲,很小的时候她就把《三字经》写在日历纸上让我背诵,并且教我习字。我如今写得一手好字就是受到她的影响,她常说:"别人从你的字里就可以看出你的为人和性格了。"

早期的农村社会,一般孩子的教育都落在母亲的身上,因为孩子多,父亲光是养家已经没有余力教育孩子。我们很幸运的,有一位明理的、有知识的母亲。这一点,我的姊姊体会得更深刻,她考上大学的时候,母亲力排众议,对父亲说:"再苦也要让她把大学

读完。"在二十年前的乡间,给女孩子去读大学是需要很大的决心与勇气的。

母亲的父亲——我的外祖父——在他居住的乡里是颇受敬重的士绅,日据时期在政府机构任职,又兼营农事,是典型耕读传家的知识分子,他连续拥有了八个男孩,晚年时才生下母亲。因此,母亲在童年与少女时代格外受到钟爱,我的八个舅舅时常开玩笑地说:"我们八个兄弟合起来,还比不上你母亲的受宠爱。"

母亲嫁给父亲是"半自由恋爱",由于祖父有一块田地在外祖父家旁,父亲常到那里去耕作,有时借故到外祖父家歇脚喝水,就与母亲相识,互相闲谈几句,生起一些情意。后来祖父央媒人去提亲,外祖父见父亲老实可靠,勤劳能负责任,就答应了。

父亲提起当年为了博取外祖父母和舅舅们的好感，时常挑着两百多斤的农作在母亲家前来回走过，才能顺利娶回母亲。

　　其实，父亲与母亲在身材上不是十分相配的，父亲是身高近六尺的巨汉，母亲的身高只有一米五十，相差达三十厘米。我家有一幅他们的结婚照，母亲站着到父亲耳际，大家都觉得奇怪，问起来，才知道宽大的白纱礼服里放了一个圆凳子。

　　母亲是嫁到我们家才开始吃苦的，我们家的田原广大，食指浩繁，是当地少数的大家族。母亲嫁给父亲的头几年，大伯父二伯父相继过世，大伯母也随之去世，家外的事全由父亲撑持，家内的事则由二伯母和母亲负担，一家三十几口的衣食，加上养猪饲鸡，辛苦与忙碌可以想见。

　　我印象里还有几幕影像鲜明的静照，一幕是母亲以蓝底红花背巾背着我最小的弟弟，用力撑着猪栏要到猪圈里去洗刷猪的粪便池。那时母亲连续生了我们六个兄弟姊妹，家事操劳，身体十分瘦弱。我小学一年级，幺弟一岁，我常在母亲身边跟进跟出，那一次

见她用力撑着跨过猪圈,我第一次体会到母亲的辛苦而落下泪来,如今那一条蓝底红花背巾的图案还时常浮现出来。

另一幕是,有时候家里缺乏青菜,母亲会牵着我的手,穿过家前的一片菅芒花,到番薯田里去采番薯叶,有时候则到溪畔野地去摘鸟莘菜或芋头的嫩茎。有一次母亲和我穿过芒花的时候,我发现她和新开的芒花一般高,芒花雪样地白,母亲的头发墨一般的黑,真是非常的美。那时感觉到能让母亲牵着手,真是天下最幸福的事。

还有一幕是,大弟因小儿麻痹死去的时候,我们都忍不住大声哭泣,唯有母亲以双手掩面悲号,我完全看不见她的表情,只见到她的两道眉毛一直在那里抽动。依照习俗,死了孩子的父母在孩子出殡那天,要用拐杖击打棺木,以责备孩子的不孝,但是母亲坚持不用拐杖,她只是扶着弟弟的棺木,默默地流泪,母亲那时的样子,到现在在我心中还鲜明如昔。

还有一幕经常上演的,是父亲到外面去喝酒彻夜未归,如果是

夏日的夜晚，母亲就会搬着藤椅坐在晒谷场说故事给我们听，讲虎姑婆，或者孙悟空，讲到孩子都睁不开眼睛而倒在地上睡着。

有一回，她说故事到一半，突然叫起来说："呀！真美。"我们回过头去，原来是我们家的狗互相追逐跑进前面那一片芒花，栖在芒花里无数的萤火虫哗然飞起，满天星星点点，衬着在月下波浪一样摇曳的芒花，真是美极了。美得让我们都呆住了。我再回头，看到那时才三十岁的母亲，脸上流露着欣悦的光泽，在星空下，我深深觉得母亲是多么的美丽，那时只有母亲的美才配得上满天的萤火。

于是那一夜，我们坐在母亲身侧，看萤火虫一一飞入芒花，最后，只剩下一片宁静优雅的芒花轻轻摇动。父亲果然未归，远处的山头晨曦微微升起，萤火在芒花中消失。

我和母亲的因缘也不可思议，她生我的那天，父亲急急跑出去请产婆来接生，产婆还没有来的时候我就生出了，是母亲拿起床头的剪刀亲手剪断我的脐带，使我顺利地投生到这个世界。

年幼的时候，我是最令母亲操心的一个，她为我的病弱不知道流了多少泪，在我得急病的时候，她抱着我跑十几里路去看医生，是常有的事。尤其在大弟死后，她对我的照顾更是无微不至，我今天能有很棒的身体，是母亲在十几年间仔细调护的结果。

我的母亲是这个世界上无数的平凡人之一，却也是这个世界上无数伟大的母亲之一，她是那样传统，有着强大的韧力与耐力，才能从艰苦的农村生活过来，丝毫不怀怨恨。她们那一代的生活目标非常地单纯，只是顾着丈夫、照护儿女，几乎从没有想过自己的存在，在我的记忆中，母亲的忧病都是因我们而起，她的快乐也是因我们而起。

不久前，我回到乡下，看到旧家前的那一片芒花已经完全不见了，盖起一间一间的透天厝。现在那些芒花呢？仿佛都飞来开在母亲的头上，母亲的头发已经花白了，我想起母亲年轻时候走过芒花的黑发，不禁百感交集。尤其是父亲过世以后，母亲显得更孤单了，头发也更白了，这些，都是她把半生的青春拿来抚育我们的代价。

童年时代，陪伴母亲看萤火虫飞入芒花的星星点点，在时空无常的流变里也不再有了，只有当我望见母亲的白发时才想起这些，想起萤火虫如何从芒花中哗然飞起，想起母亲脸上突然绽放的光泽，想起在这广大的人间，我唯一的母亲。

海潮音

忽然想起你，但不是此刻的你
已不星华灿发，已不锦绣
不在最美的梦中，最梦的美中
忽然想起
但伤感是微微的了
如远去的船
船边的水纹……

——虹

整理房子的时候，在书房的角落找到一个巨大的贝壳，被灰尘布满。我稍一擦拭，贝壳那特有的如玉光泽，立刻照亮我的眼睛。

我双手捧起这比我的头还大的贝壳，贴在耳上，耳边立刻传来一阵一阵遥远的海潮音，海潮音里藏着一个故事，呜呜地唱着。

这贝壳是母亲特地从乡下提到台北来送我的，她用红色绲金边的包袱巾提着，从家乡旗山坐客运车到高雄搭火车，到了台北火车站，再转乘计程车到我的家里。

母亲兴冲冲地打开布巾，捧起一个外壳粗粝洁白、内壳晶亮鹅黄的贝壳,然后,母亲的眼睛发亮,用贝壳盖住我的耳朵,说:"你听听。"

海潮的声音立刻从母亲手中的贝壳传入我的耳里,呜呜呜,低哑悠长,不停地鸣唱。

"我特地带来给你,第一眼看见就想拿给你。"母亲温柔慈爱地说,"这一世人还没看过这么巨大的海螺。"

妈妈知道我喜欢新奇的事物,觉得我到了四十几岁还像个孩子,所以她找到什么奇怪的东西都会想带给我,例如她给过我一颗外公用过的金袖扣,一只巨大的飞鼠标本,一件她少女时代亲手织制的金色毛衣,一些日据时期的龙银……

"妈,这海螺怎么来的?"

"讲起来话头长呀!"妈妈说。

原来,爸爸妈妈在乡下养了一些土鸡,农忙闲暇也卖些土鸡蛋。

土鸡蛋本来是自己吃的,因为生产过多,就卖给附近的邻居。她在玄关桌上放一个磅秤和一篓土鸡蛋,旁边一个小盘和一本账簿,完全采取自助式。如果有现金,称好了鸡蛋,丢钱到小盘;若没有现金,就自己写在账簿上。每隔三个月,妈妈会统计账簿,再出去收钱。

乡下人心淳厚,这账从来没出过差错,母亲坚信蛋一个也不会少。我初以为是无从查考,后来也相信乡下人确实是朴实。

有一回,妈妈去收账,一个乡亲硬是凑不出钱来还给妈妈。妈妈说:"没关系,没关系!下回再算吧!"

妈妈鞠躬告辞,走在田埂上,突然有人在背后大叫:"后发婶子!后发婶子!"原来是那个欠鸡蛋钱的人,提着一个巨大的贝壳追上来。

"这是我以前在东港打鱼时,捞到的海螺,从来没见过这么大的,就留下来做纪念。听说后发婶子喜欢新奇的东西,不知道能不能拿来抵鸡蛋的账?"

妈妈说:"没问题!"

上次那飞鼠标本也是抵鸡蛋的账得来的,从此远近传开,大家都会拿家里的东西抵账,妈妈来者不拒,她对我说:"反正,我们也不是靠鸡蛋吃穿!"

我们家多了不少"奇珍异宝",有那些最为特殊的,妈妈就会带来给我,对我说:"要好好宝惜,这个值五十斤鸡蛋哩!"

我听着海螺传来的海潮音,仿佛还听见妈妈的话语。爸爸妈妈都离世多年了,我对他们的思念就像藏在海螺深处,看来虚空,却蕴含了整个海洋的潮声,只要侧耳倾听,就从四面八方涌来。

一个平常的海螺,"讲起来话头长"——竟藏着一段长长的故事。故事还会更长——我把它放在孩子的床头,让他们不时拿来听，可以听见大海的声音，还有阿嬷的叮咛。

　　作家不只喜欢新奇的事物，而且是对一切事物保有敏锐、觉察的心，去看见事物的意义，去听见感性的声音。因此在作家的生活里，没有什么事可以轻轻估量，也没有什么情感可以无感地流去。

我体贴海螺之时，是体贴了整个海洋。

我听见海潮的声音，也听见了对妈妈的思念。

创作者寻找生命中的海螺，渴望把海螺贴近别人的耳朵，让有缘的人也可以听见海潮音。

在听见海潮音时，也同时听见了心海的消息。

木鱼馄饨

　　深夜到临沂街去访友，偶然在巷子里遇见多年前相识的卖馄饨的老人，他开朗依旧、风趣依旧，虽然抵不过岁月风霜而有一点佝偻了。

　　四年前，我客居在临沂街，夜里时常工作到很晚，每天凌晨一点半左右，一阵清越的木鱼声，总是响进我临街的窗口。那木鱼的声音非常准时，天天都在凌晨的时间敲响，即使在风雨来时也不间断。

　　刚开始的时候，木鱼声带给我一种神秘的感觉，往往令我停止工作，出神地望着窗外的长空，心里不断地想着：这深夜的木鱼声，到底是谁敲起的？它又象征了什么意义？难道有人每天凌晨一时在我住处附近念经吗？

　　在民间，过去曾有敲木鱼为人报晓的僧侣，每日黎明将晓，他们就穿着袈裟草鞋，在街巷里穿梭，手里端着木鱼滴滴笃笃地敲出低量雄长的声音，一来叫人省睡，珍惜光阴；二来叫人在心神最为清明的五更起来读经念佛，以求精神的净化；三来僧侣借木鱼报晓来布施化缘，得些斋衬钱。我一直觉得这种敲木鱼报佛音的事情，是中国佛教与民间生活相契的一种极好的佐证。

但是，我对于这种失传于闾巷很久的传统，却出现在台北的临沂街感到迷惑。因而当夜里在小楼上听到木鱼敲响时，我按捺不住去一探究竟的冲动。

冬季里有一天，天空中飘洒着无力的小雨，我正读着一册印刷极为精美的《金刚经》，读到最后"一切有为法，如梦幻泡影，如露亦如电，应作如是观"一段，木鱼声恰好从远处的巷口传来，格外使人觉得昊天无极，我披衣坐起，撑着一把伞，决心去找木鱼声音的来处。

那木鱼敲得十分沉重着力，从满天的雨丝里传扬开来，它敲敲停停，忽远忽近，完全不像是寺庙里读经时急落的木鱼。我追踪着声音的轨迹，匆匆地穿过巷子，远远地，看到一个披着宽大布衣、戴着毡帽的小老头子，他推着一辆老旧的摊车，正摇摇摆摆地从巷子那一头走来。摊车上挂着一盏四十瓦的灯泡，随着道路的颠簸，在微雨的暗道里飘摇。一直迷惑我的木鱼声，就是那个老头所敲出来的。

一走近，才知道那只不过是一个寻常卖馄饨的摊子，我问老人为什么选择了木鱼的敲奏，他的回答竟是十分简单，他说："喜欢吃我的馄饨的老顾客，一听到我的木鱼声，他们就会跑出来买馄饨了。"我不禁哑然，原来木鱼在他，就像乡下卖豆花的人摇动的铃铛，或者是卖冰水的小贩手中吸引小孩的喇叭，只是一种再简单不过的信号器。

是我自己把木鱼联想得太远了，其实它有时候仅仅是一种劳苦生活的工具。

老人也看出了我的失望，他说："先生，你吃一碗我的馄饨吧，完全是用精肉做成的，不加一点葱菜，连大饭店的厨师都爱吃我的馄饨呢。"我于是丢弃了自己对木鱼的魔障，撑着伞，站立在一座红门前，就着老人摊子上的小灯，吃了一碗馄饨。在风雨中，我品出了老人的馄饨，确是人间的美味，不亚于他手中敲的木鱼。

后来，我也慢慢成为老人忠实的顾客，每天工作到凌晨的段落，远远听到他的木鱼，就在巷口里候他，吃完一碗馄饨，才继续我一天未完的工作。

和老人熟了以后，才知道选择木鱼作为馄饨的讯号有他独特的匠心。他说因为他的生意在深夜，实在想不出一种可以让远近都听闻而不至于吵醒熟睡人们的工具，而且深夜里像卖粽子的人大声叫嚷，是他觉得有失尊严而有所不为的，最后他选择了木鱼——让清醒者可以听到他的叫唤，却不至于中断了熟睡者的美梦。

木鱼总是木鱼，不管从什么角度来看它，它仍旧有它的可爱处，即使用在一个馄饨摊子上。

我吃老人的馄饨吃了一年多，直到后来迁居，才失去联系，但每当在静夜里工作时，我仍时常怀念着他和他的馄饨。

老人是我们社会角落里一个平凡的人，他在临沂街一带卖了三十年馄饨，已经成为那一带夜生活里尽人皆知的人，他固然对自己亲手烹调后小心翼翼装在铁盒里的馄饨很有信心，他用木鱼声传递的馄饨也成为那一带的金字招牌。木鱼在他、在吃馄饨的人来说，都是生活里的一部分。

那一天遇到老人，他还是一袭布衣，还是敲着那个敲了三十年的木鱼，可是老人已经完全忘记我了，我想，岁月在他只是云淡风轻的一串声音吧。我站在巷口，看他缓缓推着小小的摊车消失在巷子的转角，一直到很远了，我还可以听见木鱼声从黑夜的空中穿过，温暖着迟睡者的心灵。

木鱼在馄饨摊子里真是美，充满了生活的美，我离开的时候这样想着，有时读不读经都是无关紧要的事。

但是他又很愛看窗外的景色，只好每西窗上都貼放大鏡，這樣他把臉貼在窗前，就能看見自己喜愛的園林。

潑墨山水原來是這樣畫出來的！

視線模糊到這信看清景物，又如何作畫工筆畫呢。

畫工筆也就不能不要聊彥細緻呢。

法度規矩也就不能放鬆一些呢。

心情就能不能更自由隨興呢。

大千先生辣起了古人早就有的潑墨畫法，潑墨法後來也傳到了日本，他同時研究中國和日本的潑墨，創造了自己的潑墨山水，

幸福的开关

我小时候对汽水有一种特别奇妙的向往，原因不在汽水有什么好喝，而是由于喝不到汽水。我们家是有几十口人的大家族，小孩依次排行就有十八个之多，记忆里东西仿佛永远不够吃，更别说是喝汽水了。

喝汽水的机会有三种，一种是喜庆宴会，一种是过年的年夜饭，一种是庙会节庆。即使有汽水，也总是不够喝，到要喝汽水时好像进行一个隆重的仪式，十八个杯子在桌上排成一列，依序各倒半杯，几乎喝一口就光了，然后大家舔舔嘴唇，觉得汽水的滋味真是鲜美。

有一回，我走在街上的时候，看到一个孩子喝饱了汽水，站在屋檐下呕气，呕——长长的一声，我站在旁边简直看呆了，羡慕得要死掉，忍不住忧伤地自问："什么时候我才能喝汽水喝到饱？什么时候才能喝到呕气？"因为到读小学的时候，我还没有尝过喝汽水喝到呕气的滋味，心想，能喝汽水喝到把气呕出来，不知道是何等幸福的事。

当时家里还点油灯，灯油就是煤油，闽南语称作"臭油"或"番仔油"。有一次我的母亲把臭油装在空的汽水瓶里，放置在桌脚旁，我趁大人不注意，一个箭步就把汽水瓶拿起来往嘴里灌，当场两眼翻白，口吐白沫，经过医生的急救才活转过来。为了喝汽水而差一点丧命，后来成为家里的笑谈，却没有阻绝我对汽水的向往。

在小学三年级的时候，有一个堂兄快结婚了，我在他结婚的前一晚竟辗转反侧地失眠了，我躺在床上暗暗地发愿：明天一定要喝汽水喝到饱，至少喝到呕气。

第二天我一直在庭院前窥探，看汽水送来了没有，到上午九点多，看到杂货店的人送来几大箱的汽水，堆叠在一处。我飞也似的跑过去，提了两大瓶的墨松汽水，就往茅房跑去。彼时农村的厕所都盖在远离住屋的几十米之外，有一个大粪坛，几星期才清理一次，我们小孩子平时很恨进茅房的，卫生问题通常是就地解决，因为里面实在太臭了。但是那一天我计划好要在里面喝汽水，那是家里唯一隐秘的地方。

我把茅房的门反锁，接着打开两瓶汽水，然后以一种虔诚的心情把汽水咕嘟咕嘟往嘴里灌，一瓶汽水一会儿就喝光了。几乎一刻也不停地，我把第二瓶汽水灌进腹中。

我的肚子整个胀起来，我安静地坐在茅房地板上，等待着呕气，慢慢地，肚子有了动静，一股沛然莫之能御的气翻涌出来，呕——汽水的气从口鼻冒了出来，冒得我满眼都是泪水，我长长地叹了一口气："这个世界上再也没有比喝汽水喝到呕气更幸福的事了吧!"然后朝圣一般打开茅房的木闩,走出来,发现阳光是那么温暖明亮,好像从天上回到了人间。

在茅房喝汽水的时候,我忘记了茅房的臭味,忘记了人间烦恼,觉得自己是世上最幸福的人,一直到今天我还记得那天叹息的情景,当我重复地说着"这个世界上再也没有比喝汽水喝到呕气更幸福的事了吧"的时候心里面百感交集,眼泪忍不住就要落下来。

贫困的岁月里,人也能感受到某些深刻的幸福,像我常记得添一碗热腾腾的白饭,浇一匙猪油、一匙酱油,坐在"户定"前细细品味猪油拌饭的芳香,那每一粒米都充满了幸福的香气。

有时幸福来自看到萝卜田里留下来作种的萝卜,开出一片灿烂的花。

有时幸福来自家里的大狗突然生出一窝颜色不一样的毛茸茸的小狗。

生命的幸福原来不在于人的环境、人的地位、人所能享受的物质,而在于人的心灵如何与生活对应。因此,幸福不是由外在事物决定的,贫困者有贫困者的幸福,富有者有其幸福,位尊权贵者有其幸福,身份卑微者也自有其幸福。在生命里,人人都是有笑有泪;在生活中,人人都有幸福与忧伤,这是人间世界真实的相貌。

097

天寒翠重，望君保重

木青玄高签

黄玫瑰的心

为了这绝望的爱情，我已经过了很长时间沮丧、疲倦，像行尸走肉的日子。

昨夜，从矿坑灾变采访回来，因疼惜生命的脆弱与无助，坐在眠床上不能入睡；清晨，当第一道阳光照入时，我决心为那已经奄奄一息的爱情做最后的努力。我想，第一件该做的事是到我常去的花店买一束玫瑰花，要鹅黄色的，因为我的女朋友最喜欢黄色的玫瑰。

剃好胡子，勉强拍拍自己的胸膛说："振作起来！"想起昨天那些在矿坑灾变后沉默哀伤但坚强的面孔，就出门了。

往市场的花店前去，想到在一起五年的女朋友，竟为了一个其貌不扬，既没有情趣又没有才气的人而离开，而我又为这样的女人去买玫瑰花，既心痛，又心碎；生气，又悲哀得想流泪。

到了花店，一桶桶美艳的、生气昂扬的花正迎着朝阳，开放。

找了半天，才找到放黄玫瑰的桶子，只剩下九朵，每一朵都垂头丧气，"真衰！人在倒霉的时候，想买的花都垂头丧气的。"我在心里咒骂。

"老板！"我粗声地问，"还有没有黄玫瑰？

一老先生从屋里走出来，和气地说："没有了，只剩下你看见的那几朵啦。"

"这黄玫瑰每一朵的头都垂下来了，我怎么买？"

"喔，这个容易，你去市场里逛逛，半个小时后回来，我包给你一束新鲜的、有精神的黄玫瑰。"老板赔着笑，很有信心地说。

"好吧！"我心里虽然不信，但想到说不定他要向别的花店去调，也就转进市场去逛了。心情沮丧时看见的市场简直是尸横遍野，那些被分解的动物尸体，使我更深刻地感受到这是一个悲苦的世界，小贩刀俎的声音，使我的心更烦乱。

好不容易在市场里熬了半个小时，再转回花店时，老板已把一束元气淋漓的黄玫瑰用紫色的丝带包好了，放在玻璃柜上。

我不敢相信自己的眼睛，我说："这就是刚才那一些黄玫瑰吗？"——它们垂头丧气的样子还映在我的眼前！

"是呀！就是刚才那些黄玫瑰。"老板还是笑嘻嘻地说。

"你是怎么做到的，刚才明明已经谢了呀！"我听到自己发出惊奇的声音。

花店老板说："这非常地简单，刚才这些玫瑰不是凋谢，只是缺水，我把它整株泡在水里，才二十分钟，它们全又挺起胸膛了。"

"缺水？你不是把它插在水桶里吗？怎么可能缺水呢？"

"少年仔，玫瑰花整株都要水呀！泡在水桶里的是它的根茎，

它喝到的水就好像人吃饭一样。但是人不能光吃饭,人要有脑筋、有思想、有智慧,才能活得抬头挺胸。玫瑰花的花朵也需要水,在田野里,它们有雨水露水,但是剪下来就很少有人注意了,很少有人再给花的头浇水,一旦它的头垂下来,整株泡在水里,很快就恢复精神了。"

我听了非常感动,怔在当场:呀!原来人要活得抬头挺胸,需要更多的智慧,要常把干枯的头脑泡在冷静的智慧之水里。

当我告辞的时候,老板拍拍我的肩膀说:"少年仔!要振作咧!"这句话差点使我流泪走回家,原来他早就看清我是一朵即将枯萎的黄玫瑰。

回到家,我放了一缸水,把自己整个人埋在水里,体会着一朵黄玫瑰的心,起来后通身舒泰,决定不把那束玫瑰送给离去的女友。

那一束黄玫瑰每天都会被我整株泡一下水,一星期以后才凋落花瓣,凋谢时是抬头挺胸凋谢的。

这是十几年前,我写在笔记上的一件真实的事。从那一次以后,我就知道了一些买回来的花朵垂头丧气的秘密。最近找到这一段笔记,感触和当时一样深,更切实地体会到,人只要有细腻的心去体会万象万法,到处都有启发的智慧。

一朵花里,就能看到宇宙的庄严,看到美,以及不屈服的意志。

有一位花贩告诉我,几乎是所有的白花都很香,愈是颜色艳丽的花愈是缺乏芬芳,他的结论是:"人也是一样,愈朴素单纯的人,愈有内在的芳香。"

有一位花贩告诉我,夜来香其实白天也很香,但是很少人闻得到,他的结论是:"因为白天人的心太浮躁了,闻不到夜来香的香气。如果一个人白天的心也很沉静,就会发现夜来香、桂花、七里香,连酷热的中午也是香的。"

有一位花贩告诉我，清晨买莲花一定要挑那些盛开的，结论是："早上是莲花开放最好的时间，如果一朵莲花早上不开，可能中午和晚上都不会开了。我们看人也是一样，一个人在年轻的时候没有志气，中年或晚年是很难有志气的。"

有一位花贩告诉我，愈是昂贵的花愈容易凋谢，那是为了要向买花的人说明："要珍惜青春呀！因为青春是最名贵的花！"

有一位花贩告诉我……

让我们来体会这有情世界的一切展现吧，当我们有大觉的心，甚至体贴一朵黄玫瑰，以心印心，心心相印时，我们就会知道，原来在最近最平凡的一切里，就有最深最奇绝的睿智呀！

「少年仔,要振作咧!」

怀君与怀珠

在清冷的秋天夜里，我穿过山中的麻竹林，偶尔抬头看见了金黄色的星星，一首韦应物的短诗突然从我的心头流过：

怀君属秋夜，
散步咏凉天。
空山松子落，
幽人应未眠。

我为这瞬间浮起的诗句而感到一丝震动，因为我到竹林，并不是为了散步，而是到一间寺院的后山游玩，不觉间天色就晚了（秋天的夜有时来得出奇地早），我就赶着回家的路，步履是有点匆忙的。并且，四周也没有幽静到能听见松子的落声，根本是没有一株松树的，耳朵里所听见的是秋风飒飒的竹叶声（夜里有风的竹林还不断发出咿咿歪歪的声音），为什么这一首诗会这样自然地从心田里升了出来？

也许是我走得太急切了，心境突然陷于空茫，少年时期特别钟爱的诗就映出来了。

　　我想起了上一次这首诗流出心田的时空,那是前年秋天我到金门去,夜里住在招待所里,庭院外种了许多松树,金门的松树到秋冬之际会结出许多硕大的松子。那一天,我洗了热乎乎的澡,正坐在窗前擦拭湿了的发,忽然听见院子里传来毕毕剥剥的声音,我披衣走到庭中,发现原来是松子落在泥地的声音,"呀!原来松子落下的声音是如此的巨大!"我心里轻轻地惊叹着。

　　捡起了松子捧在手上,韦应物的诗就跑出来了。

　　于是,我真的在院子里独自散步,虽然不在空山,却想起了从前的、远方的朋友,那些朋友有许多已经多年不见了,有一些也失去了消息,可是在那一刻仿佛全在时光里会聚,一张张脸孔,清晰而明亮。我的少年时代是极平凡的,几乎没有什么可歌可泣的事迹,但是在静夜里想到曾经一起成长的朋友,却觉得生活是可歌可泣的。

　　我们在人生里,随着岁月的流逝而感觉到自己的成长(其实是一种老去),会发现每一个阶段都拥有了不同的朋友,友谊虽不至于散失,聚散却随因缘流转,常常转到我们一回首感到惊心的地步。比较可悲的是，那些特别相知的朋友往往远在天际，泛泛之交却近在眼前，因此，生活经常令我们陷入一种人生寂寥的境地。"会者定离""当门相送"，真能令人感受到朋友的可贵，朋友不在身边的时候，感觉到能相与共话的，只有手里的松子，或者只有林中正在落下的松子！

在金门散步的秋夜，我还想到《菜根谭》里的几句话："风来疏竹，风过而竹不留声；雁渡寒潭，雁去而潭不留影。故君子事来而心始现，事去而心随空。"朋友的相聚，情侣的和合，有时心境正是如此，好像风吹过了竹林，互相有了声音的震颤，又仿佛雁飞过静止的潭面，互相有了影子的映照，但是当风吹过、雁飞离时，声音与影子并不会留下来。可惜我们做不到那么清明一如君子，可以"事来而心始现，事去而心随空"，难免留下满怀的惆怅、思念与惘然。

平凡人总有平凡人的悲哀，这种悲哀乃是寸缕缠绵，在撕裂的地方、分离的处所，留下了丝丝的穗子。不过，平凡人也有平凡人的欢喜，这种欢喜是能感受到风的声音与雁的影子，在吹过飞离之后，还能记住一些锥心的怀念与无声的誓言。悲哀犹如橄榄，甘甜后总有涩味；欢喜则如梅子，辛酸里总有回味。

那远去的记忆是自己，现在面对的还是自己，将来不得不生活的也是自己，为什么在自己里还有另一个自己呢？站在时空之流的我，是白马还是芦花？是银碗或者是雪呢？

我感觉怀念生活的人，有时像白马走入了芦花的林子，是白茫茫的一片；有时又像银碗里盛着新落的雪片，里外都晶莹剔透。

在想起往事的时候，我常惭愧于做不到佛家的境界，能对境而心不起，我时常对于逝去的时空有一些残存的爱与留恋，那种心情是很难言说的，就好像我会珍惜不小心碰破口的茶杯，或者留下那些笔尖磨平的钢笔，明知道茶杯与钢笔都已经不能再使用了，也无法追回它们如新的样子。但因为这只茶杯曾在无数的冬夜里带来了清香和温暖，而那支钢笔则陪伴我度过许多思想的险峰，记录了许多过往的历史，所以我不舍得丢弃它们。

人也是一样的，对那些曾经有恩于我的人、那些曾经爱过我的朋友，或者那些曾经在一次偶然会面启发过我的人，甚至那些曾践踏我的情感、背弃我的友谊的人，我都有一种不忘的本能。有时不免会苦痛地想，把这一切都忘得干净吧！让我每天都有全新的自己！可是又觉得人生的一切如果都被我们忘却，包括一切的忧欢，那么生活里还有什么情趣呢？

我就不断地在这种自省之中，超越出来，又沦陷进去，好像在无人的草原放着风筝，风筝以竹骨隔成两半，一半写着生命的喜乐，一半写着生活的忧恼，手里拉着丝线，飞高则一起飞高，飘落就同时飘落，拉着线的手时松时紧，虽然渐去渐远，牵挂还是在手里。

但，在深处的疼痛，还不是那些生命中一站一站的欢喜或悲愁，而是感觉在举世滔滔中，真正懂得情感、知道无私地付出的人，是越来越少见了。我走在竹林里听见飒飒的风声，心里却浮起"空山松子落，幽人应未眠"的句子，正是这样的心情。

韦应物寄给朋友的这首诗，我感受最深的是"怀君"与"幽人"两词，怀君不只是思念，而有一种置之怀袖的情致，是温暖、明朗、平静的，当我们想起一位朋友时，能感到犹如怀袖般贴心，这才是"怀君"！而幽人呢？是清雅、温和、细腻的人，这样的朋友一生里遇不见几个，所以特别能令人在秋夜里动容。

朋友的情义是难以表明的，它在某些质地上比男女的爱情还要细致。若说爱情是彩陶，朋友则是白瓷，在黑暗中，白瓷能现出它那晶明的颜色；而在有光的时候，白瓷则有玉的温润，还有水晶的光泽。君不见在古董市场里，那些没有瑕疵的白瓷，是多么名贵呀！

　　当然，朋友总有人的缺点，我的哲学是，如果要交这个朋友，就要包容他一切的缺点，这样，才不会互相折磨、相互损伤。

　　包容朋友就如贝壳包容怀里的珍珠一样，珍珠虽然宝贵而明亮，但它是有可能使贝壳受伤的，贝壳要不受伤只有两个法子：一是把珍珠磨圆，呈现出其最温润光芒的一面；一是使自己的血肉更柔软，才能包容那怀里外来的珍珠。前者是帮助朋友，使他成为"幽人"；后者是打开心胸，使自己常能"怀君"。

　　我们在混乱的世界希望能活得有味，并不在于能断除一切或善或恶的因缘，而要学习怀珠的贝壳，要有足够广大的胸怀来包容，还要有足够柔软的风格来承受!

但愿我们的父母、夫妻、儿女、伴侣、朋友都成为我们怀中的明珠,甚至那些曾经见过一面的、偶尔擦身而过的、有缘无缘的人都成为我怀中的明珠,在白日、在黑夜都能散放互相映照的光芒。

大千世界是朦胧的

张大千艺术的功业，不只在荷花、人物、佛像，他最为人称道的功业是"泼墨山水"。

在面对庭园的客厅窗上，每一面都贴着圆形放大镜，约一个手掌张开的大小。

原因是，大千先生晚年，眼睛已经不行了，但是他又很爱看窗外的景色，只好每面窗上都贴放大镜，这样他把脸贴在窗前，就能看见自己热爱的园林。

泼墨山水就是这样来的！

视线模糊到无法看清景物，又如何能画工笔画呢？

画工能不能不要那么细致呢？

法度规矩能不能放松一些呢？

心情能不能更自由随兴呢？

大千先生想起了古人早就有的泼墨画法，泼墨法后来也传到了日本，他同时研究中国和日本的泼墨，创造了自己的泼墨山水，并且大规模地使用泼墨，成为历史上第一的泼墨画家。

大千的泼墨，每次看，都使我深深地感动。那感动来自深深的思维：如果大千的眼睛不坏，就不会另创泼墨法，也就无法谱出如此动人的篇章，一扇门关上了，却打开了另一扇窗。

我把眼睛凑近窗上的放大镜，窗外景物俨然清晰，那是工笔；我退身向后，窗外变成一片朦胧、一片迷离，那是泼墨！

不论清晰，或者迷离，大千的胸中自有山水，山水是他一生的钟情，在他小笔小墨的荷花上，在他大开大合的烟云中，识者论者都能说出一套他成为大艺术家的种种技法，集合了古今，为一大成。

在我看来，这是对艺术的钟情，感觉上，每次看大千居士的画，情感皆跃然于纸上。

唯大山水能本色，唯钟情能成就艺术。

而且大規模的使用潑墨,成為歷史上第一位的潑墨畫家。

大千的潑墨,每次看,都使我湧上心頭的感動,那感動來自潑墨的思維,如果大千的眼睛不夠大,就不會有創造潑墨法,也就不會潑出如此動人的篇章,一個閉庫上了,卻打開了另一個窗。

我把眼睛湊近窗上的放大鏡,窗外景物儼然清晰,那是工筆;我退身向後,窗外又變成模糊,那是潑墨;不論清晰,或者迷離,大千的胸中自有山水,不論他的一生的鐘情,在他的筆下墨的枝级见，有两班学生的，瀚海中学读书，遇见了王雨苍老师，王雨苍是北京大学毕业一生的生命中的贵人，他曾对少识愤多识，幽默风趣，他曾对少年的我说："我用我的生命给你保证，你将来一定成为一个著名的作家。"在王老师的指导下，玄获得台南市作文比赛第一名，是林清玄写了"悬崖边的涯中第一次作文奖项。后来，去台南读书，王雨苍老师的因缘，林清玄写了"悬崖边的王雨苍老师给少年林

小千世界
欢乐悲歌

见山是山，
见水是水。
见山不是山，
见水不是水。
见水只是山，
见水只是水。

清雅食谱

有时候生活清淡到自己都吃惊起来了。

尤其对食物的欲望差不多完全超脱出来，面对别人都认为是很好的食物，我一点也不动心。反而在大街小巷里自己发现一些毫不起眼的东西，会产生惊艳的感觉，并慢慢品味出一种哲学，正如我常说的，好东西不一定贵，平淡的东西也自有滋味。

在台北四维路一条阴暗的巷子里，有好几家山东老乡开的馒头铺子，说是铺子是由于它实在够小，往往老板就是掌柜，也是蒸馒头的人。这些馒头铺子，早午各开笼一次，开笼的时候水汽弥漫，一些嗜吃馒头的老乡早就排队等在外面了。

热腾腾、筋道的山东大馒头，一个才五块钱，那刚从笼屉被老板的大手抓出来的馒头，有一种传统乡野的香气，非常地美味，也非常之结实，寻常一般人一餐也吃不了这样一个馒头。我是把馒头当点心吃的，那纯朴的麦香令人回味，有时走很远的路，只是去买一个馒头。

这巷子里的馒头大概是台北最好的馒头了，只可惜被人遗忘。有的馒头店兼卖素油饼，大大的一张，可蒸、可煎、可烤，和稀饭一起吃时，真是人间美味。

说到油饼,在顶好市场后面,有一家卖饺子的北平馆,出名的是"手抓饼",那饼烤出来时用篮子盛着,饼是整个挑松的,又绵又香,用手一把一把抓着吃。我偶尔路过,就买两张饼回家,边喝水仙茶,边抓着饼吃,如果遇到下雨的日子,就更觉得那抓饼有难言的滋味,仿佛是雨中青翠生出的嫩芽一样。

说到水仙茶,是在信义路的路摊寻到的,对于喝惯了茉莉香片的人,水仙茶更是往上拔高,如同坐在山顶上听瀑,水仙入茶而不失其味,犹保有洁白清香的气质,没喝过的人真是难以想象。

水仙茶是好,有一个朋友做的冻顶豆腐更好。他以上好的冻顶乌龙茶清焖硬豆腐,到豆腐呈金黄色时捞起来,切成一方一方,用白瓷盘装着,吃时配着咸酥花生,品尝这样的豆腐,坐在大楼里就像坐在野草地上,有清冽之香。

有时食物也能像绘画中的扇面,或文章里的小品,音乐里的小提琴独奏,格局虽小,慧心却十分充盈。冻顶豆腐是如此,在南门市场有一家南北货行卖的桂花酱也是如此,那桂花酱用一只拇指大的小瓶装着,真是小得不可思议,但一打开,桂花香猛然自瓶中醒来,细细的桂花瓣像还活着,只是在宝瓶里睡着了。

桂花酱可以加在任何饮料或茶水中，加的时候以竹签挑出一滴，一杯水就全被香味所濡染，像秋天庭院中桂花盛放时，空气都流满花香。我只知道桂花酱中有蜜、有梅子、有桂花，却不知如何做成，问到老板，他笑而不答。"莫非是祖传的秘方吗？"心里起了这样的念头，却也不想细问了。

桂花酱如果是工笔，决明子就是写意了，在仁爱路上有时会遇到一位老先生卖决明子，挑两个大篮，篮子用白布覆着，前一篮写"决明子"，后一篮写"中国咖啡"。卖的时候用一只长长的木勺，颇有古意。

听说决明子是山上的草本灌木，子熟了以后热炒，冲泡服用有明目滋肾的功效，不过我买决明子只是喜欢老先生买卖的方式，并且使我想起幼年时代在山上采决明子的情景，在台湾乡下，决明子被唤作"米仔茶"，夏夜喝的时候总是配着满天的萤火入喉。

对于能想出一些奇特的方法做出清雅食物的人，我总是感到佩服，在师大路巷子里有一家卖酸酪的店，老板告诉我，他从前实验做酸酪时，为了使乳酪发酵，把乳酪放在锅中，用棉被裹着，夜里还抱着睡觉，后来他才找出做酸酪最好的温度与时间。他现在当然不用棉被了，不过他做的酸酪又白又细，真像棉花一般，入口成泉，若不是早年抱棉被，恐怕没有这种火候。

那优美的酸酪要配什么呢？八德路一家医院餐厅里卖的全黑麦

面包，或是绝配。那黑麦面包不像别的面包是干透的，它里面含着一些有浓香的水分，有一次问了厨子，才知道是以黑麦和麦芽做成，而麦芽是有水分的，所以那里的黑麦面包才一枝独秀。想出加麦芽的厨子，胸中自有一株麦芽。

食物原是如此，人总是选着自己的喜好，这喜好往往与自己的性格和本质十分接近，所以从一个人的食物可以看出他的人格。

但也不尽然，在通化街巷里有一个小摊，摆两个大缸，右边一缸卖"蜜茶"，左边一缸卖"苦茶"，蜜茶是甜到了顶，苦茶是苦到了底，有人爱甜，却又有人爱那样的苦。

"还有一种人，他先喝一杯苦茶，再喝一杯蜜茶，两种都要尝尝。"老板说，不过他也笑了，"可就没看过先喝蜜茶再喝苦茶的人，可见世人都爱先苦后甘，不喜欢先甘后苦吧！"

后来，我成了第一个先喝蜜茶，再喝苦茶的人，老板着急地问我："感想如何？"

"喝苦茶时，特别能回味蜜茶的滋味。"我说，我们两人都大笑起来。

旁边围观的人都为我欢欣地鼓掌。

咸也好，淡也好

一个青年为着情感离别的苦痛来向我倾诉，气息哀怨，令人动容。

等他说完，我说："人生里有离别是好事呀！"

他茫然地望着我。

我说："如果没有离别，人就不能真正珍惜相聚的时刻；如果没有离别，人间就再也没有重逢的喜悦。离别从这个观点看，是好的。"

我们总是认为相聚是幸福的，离别便不免哀伤。但这幸福是比较而来，若没有哀伤作衬托，幸福的滋味也就不能体会了。

再从深一点的观点来思考，这世间有许多的"怨憎会"，在相聚时感到重大痛苦的人比比皆是，如果没有离别这件好事，他们不是要永受折磨，永远沉沦于恨海之中吗？

幸好，人生有离别。

因相聚而幸福的人，离别是好，使那些相思的泪都化成甜美的水晶。

因相聚而痛苦的人，离别最好，雾散云消看见了开阔的蓝天。

可以因缘离散，对处在苦难中的人，有时候正是生命的期待与盼望。

　　聚与散、幸福与悲哀、失望与希望，假如我们愿意品尝，样样都有滋味，样样都是生命中不可或缺的。

　　高僧弘一大师，晚年把生活与修行统合起来，过着随遇而安的生活。有一天，他的老友夏丏尊来拜访他，吃饭时，他只配一道咸菜。

　　夏丏尊不忍地问他："难道这咸菜不会太咸吗？"

　　"咸有咸的味道。"弘一大师回答道。

　　吃完饭后，弘一大师倒了一杯白开水喝，夏丏尊又问："没有茶叶吗？怎么喝这平淡的开水？"

弘一大师笑着说："开水虽淡，淡也有淡的味道。"

我觉得这个故事很能表达弘一大师的道风，夏丏尊因为和弘一大师是青年时代的好友，知道弘一大师在李叔同时代，有过歌舞繁华的日子，故有此问。弘一大师则早就超越咸淡的分别，这超越并不是没有味觉，而是真能品味咸菜的好滋味与开水的真清凉。

生命里的幸福是甜的，甜有甜的滋味。

情爱中的离别是咸的，咸有咸的滋味。

生活的平常是淡的，淡也有淡的滋味。

我对年轻人说："在人生里，我们只能随遇而安，来什么品味什么，有时候是没有能力选择的。就像我昨天在一个朋友家喝的茶真好，今天虽不能再喝那么好的茶，但只要有茶喝就很好了。如果连茶也没有，喝开水也是很好的事呀！"

清欢

少年时代读到苏轼的一阕词,非常喜欢,到现在还能背诵:

细雨斜风作晓寒,
淡烟疏柳媚晴滩。
入淮清洛渐漫漫。
雪沫乳花浮午盏,
蓼茸蒿笋试春盘。
人间有味是清欢。

这阕词,苏轼在旁边写着"元丰七年十二月二十四日,从泗州刘倩叔游南山",原来是苏轼和朋友到郊外去玩,在南山里喝了浮着雪沫乳花的小酒,配着春日山野的蓼菜、茼蒿、新笋,以及野草的嫩芽等等,然后自己赞叹着,"人间有味是清欢"!

当时所以能深记这阕词,最主要是爱极了后面这一句,因为试吃野菜的这种平凡的"清欢",才使人间更有滋味。"清欢"是什么呢?"清欢"几乎是难以翻译的,可以说是"清淡的欢愉",这种清淡的欢愉不是来自别处，而是来自对平静的疏淡的简朴的生活的一种热爱。当一个人可以品味出野菜的清香胜过了山珍海味，或者一个人在路边的石头里看出了比钻石更引人的滋味，或者一个人听林间鸟鸣的声音感受到比提笼遛鸟更感动，或者甚至于体会了静静品一壶乌龙茶比起在喧闹的晚宴中更能清洗心灵时……这些就是"清欢"。

"清欢"之所以好，是因为它对生活的无求，是它不讲究物质的条件，只讲究心灵的品味。"清欢"的境界是很高的，它不同于李白的"人生在世不称意，明朝散发弄扁舟"那样的自我放逐；或者"人生得意须尽欢，莫使金樽空对月"那种尽情的欢乐。它也不同于杜甫的"人生有情泪沾臆，江水江花岂终极"这样悲痛的心事，或者"人生不相见，动如参与商。今夕复何夕，共此灯烛光"那种无奈的感叹。

我们活在这个世界上，有千百种人生，文天祥的是"人生自古谁无死，留取丹心照汗青"，我们很容易体会到他的壮怀激烈。欧阳修的是"人生自是有情痴，此恨不关风与月"，我们很能体会到他的绵绵情恨。纳兰性德的是"人到情多情转薄，而今真个悔多情"，我们也不难会意到他无奈的哀伤。甚至于像王国维的"人生只似风前絮,欢也零星,悲也零星,都作连江点点萍"那种对人生无常所发出的刻骨感触,我们也依然能够知悉。

可是"清欢"就难了!

尤其是生活在现代的人,差不多是没有"清欢"的。

你说什么样是"清欢"呢?我们想在路边好好地散个步,可是人声车声不断地呼吼而过,一天里,几乎没有纯然安静的一刻。

我们到馆子里,想要吃一些清淡的小菜,几乎是杳不可得,过多的油、过多的酱、过多的盐和味精已经成为中国菜最大的特色,端出来时让人吓一跳,因为菜上挤的沙拉酱比菜还多。

我们有时没有什么事,心情上只适合和朋友去啜一盏茶、饮一杯咖啡,可惜的是,心情也有了,朋友也有了,就是找不到地方,有茶有咖啡的地方总是嘈杂的,而且难以找到一边饮茶一边观景的处所。

俗世里没有"清欢"了,那么到山里去吧!到海边去吧!但是,山边和海湄也不纯净了,凡是人的足迹可以到的地方就有了垃圾,就有了臭秽,就有了吵闹!

有几个地方我以前常去的,像阳明山的白云山庄,叫一壶兰花茶,俯望着台北盆地里堆叠着的高楼与人欲,自己饮着茶,可以品到茶中有"清欢"。像在北投和阳明山间的山路边有一个小湖,湖畔有小贩卖功夫茶,小小的茶几、藤制的躺椅,独自开车去,走过石板的小路,叫一壶茶,在躺椅上静静地靠着,有时湖中的荷花开了,真是惊艳一山的沉默。有一次和朋友去,两人在躺椅上静静喝茶,一下午竟说不到几句话,那时我想,这大概是"人间有味是清欢"了。

现在这两个地方也不能去了,去了只有伤心。湖里的不是荷花了,是漂荡着的汽水罐子,池畔也无法静静躺着,因为人比草多,石板也被踏损了。到假日的时候,走路都很难不和别人推挤,更别说坐下来喝口茶,如果运气更坏,会遇到呼啸而过的飞车党,还有带伴唱机来跳舞的青年,那时所有的感官全部电路走火,不要说"清欢",连欢也不剩了。

要找"清欢"就一日比一日更困难了。

我当学生的时候,有一位朋友住在中和圆通寺的山下,我常常坐着颠簸的公交车去找她,两个人便沿着上山的石阶,漫无目的地,走走、坐坐、停停、看看。那时圆通寺山道石阶的两旁,杂乱地长着朱槿花,我们一路走,顺手摘下一朵熟透的朱槿花,吸着花朵底部的花露,其甜如蜜,而清香胜蜜,轻轻地含着一朵花的滋味,心里遂有一种只有春天才会有的欢愉。

圆通寺是一座全由坚固的石头砌成的寺院,那些黑而坚强的石头坐在山里仿佛一座不朽的城堡。绿树掩映,清风徐徐,我们站在

  用石板铺成的前院里，看着正在生长的小市镇，那时的寺院是澄明而安静的，让人感觉走了那样高的山路，能在那平台上看着远方，就是人生里的"清欢"了。

  后来，朋友嫁人，到国外去了。我去了一趟圆通寺。山道已经开辟出来，车子可以环山而上，小山路已经很少人走。就在寺院的门口摆着满满的摊贩，有一摊是儿童乘坐的机器马，叽里咕噜的童歌震撼半山，有两个是烤香肠的摊子，烘烤香肠的白烟正往那古寺的大佛飘去，有一位母亲因为不准她的孩子吃香肠而揍打着两个孩子，激烈的哭声尖吭而急促……我连圆通寺的寺门都没有进去，就沉默地转身离开。山还是原来的山，寺还是原来的寺，为什么感觉完全不同了？失去了什么吗？失去的正是"清欢"。

下山时心情是不堪的，想到星散的朋友，心情也不是悲伤，只是惆怅，浮起的是一阕词和一首诗，词是李煜的："高楼谁与上？长记秋晴望。往事已成空，还如一梦中。"诗是李觏的："人言落日是天涯，望极天涯不见家。已恨碧山相阻隔，碧山还被暮云遮。"那时正是黄昏，在都市烟尘蒙蔽了的落日中，真的看到了一种悲剧似的橙色。

我二十岁那年，每当心情很坏的时候，就跑到青年公园对面的骑马场去骑马，那些马虽然因驯服而动作缓慢，却都年轻高大，有着光滑的毛色。双腿用力一夹，它也会如箭一般呼啸着向前蹿去，急忙的风声就从两耳掠过。我最记得的是马跑的时候，迅速移动着的草的青色，青茸茸的，仿佛饱含生命的汁液。跑了几圈下来，一切恶的心情也就在风中、在绿草里、在马的呼啸中消散了。

尤其是冬日的早晨，勒着缰绳，马就立在那儿，踢着长腿，鼻孔中冒着一缕缕的白气，那些气可以久久不散，当马的气息在空气中消弭的时候，人也好像得到了某些舒放了。

骑完马，到青年公园去散步，走到成行的树荫下，冷而强悍的空气在林间流荡着，可以放纵地、深深地呼吸，品味着空气里所含的元素，那元素不是别的，正是"清欢"。

最近有一天，突然想到了骑马，已经有十几年没骑了。到青年公园的马场时差一点没被吓昏，原来偌大的马场里已经没有一根草了，一根草也没有的马场大概只有台湾才有，马跑起来的时候，灰尘滚滚，弥漫在空气里的尽是令人窒息的黄土，蒙蔽了人的眼睛。马也老了，毛色斑驳而失去光泽。

最可怕的是，不知道什么时候在马场搭了一个塑胶棚子，铺了水泥地，奇丑无比，里面则摆满了机器的小马，让人骑，奇吵无比。为什么为了些微的小利，而牺牲了这个马场呢？

马会衰老是我知道的事，人会转变是我知道的事，而在有马的地方放机器马，在马跑的地方没有一株草则是我不能理解的事。

就在马场对面的青年公园，那里已经不能说是公园了，人比在西门时还拥挤吵闹，空气比咖啡馆还坏，树也萎了，草也黄了，阳光也照不灿烂了。我从公园穿越过去，想到少年时代的这个公园，心痛如绞，别说"清欢"了，简直像极了佛经所说的"五浊恶世"！

生在这个时代，为何"清欢"如此难觅？眼要"清欢"，找不到青山绿水；耳要"清欢"，找不到宁静和谐；鼻要"清欢"，找不到干净空气；舌要"清欢"，找不到蓼茸蒿笋；身要"清欢"，找不到清凉净土；意要"清欢"，找不到智慧明心。如果你要享受"清欢"，唯一的方法是守在自己小小的天地，洗涤自己的心灵，因为在我们拥有愈多的物质世界，我们清淡的欢愉就日渐失去了。

现代人的欢乐，是到油烟爆起、卫生堪忧的啤酒屋去吃炒蟋蟀；是到黑天暗地、不见天日的卡拉OK去乱唱一气；是到乡村野店、胡乱搭成的土鸡山庄去豪饮一番；以及到狭小的房间里做方城之戏，永远重复着摸牌的一个动作……这些污浊的放逸的生活以为是欢乐，想起来毋宁是可悲的事。为什么现代人不能过"清欢"的生活，反而以浊为欢、以清为苦呢？

当一个人以浊为欢的时候，就很难体会到生命清明的滋味，而在欢乐已尽、浊心再起的时候，人间就愈来愈无味了。

这使我想起东坡的另一首诗来：

梨花淡白柳深青，柳絮飞时花满城。
惆怅东栏一株雪，人生看得几清明。

苏轼凭着东栏看着栏杆外的梨花，满城都飞着柳絮时，梨花也开了遍地，东栏的那株梨花却从深青的柳树间伸了出来，仿佛雪一样地清丽，有一种惆怅之美，但是，人生，看这么清明可喜的梨花能有几回呢？这正是千古风流人物的性情，这正是清朝大画家盛大士在《溪山卧游录》中说的："凡人多熟一分世故，即多生一分机智。多一分机智，即少却一分高雅。""山中何所有，岭上多白云。只可自怡悦，不堪持赠君。"自是第一流人物。

"第一流人物"是什么人物？

"第一流人物"是在"清欢"里也能体会人间有味的人物！

"第一流人物"是在尘世间也能找到"清欢"的滋味的人物。

一朝

十二岁的时候,第一次读《红楼梦》,似懂非懂,读到林黛玉葬花的那一段,以及她的《葬花词》,里面有这样几句:

尔今死去侬收葬,未卜侬身何日丧?
侬今葬花人笑痴,他年葬侬知是谁?
试看春残花渐落,便是红颜老死时。
一朝春尽红颜老,花落人亡两不知!

那是我第一次感受到落花也会令人忧伤,而人对落花也像待人一样,有深刻的情感。那时当然不知道林黛玉的自伤之情胜过于花朵的对待,但当时也起了一点疑情,觉得林黛玉未免小题大做,花落了就是落了,有什么值得那样感伤,少年的我正是"侬今葬花人笑痴"那个笑她的人。

我会感到葬花好笑是有背景的,那时候父亲为了增加家用,在田里种了一亩玫瑰,因为农会的人告诉他,一定有那么一天,一朵玫瑰的价钱可以抵上一斤米。可惜父亲一直没有赶上一朵玫瑰一斤米的好时机,二十几年前的台湾乡下,根本不会有人犯神经到去买玫瑰来插。父亲的玫瑰是种得不错,却完全滞销,弄到最后懒得去采收了,一时也想不出改种什么,玫瑰田就荒置在那里。

我们时常跑到玫瑰田去玩,每天玫瑰花瓣,黄的、红的、白的落了一地,用竹扫把一扫就是一畚箕,到后来大家都把扫玫瑰田当成苦差事,扫好之后顺手倒入田边的旗尾溪,千红万紫的玫瑰花瓣霎时铺满河面,往下游流去。偶尔,我也能感受到玫瑰飘逝的忧伤之美,却绝对不会痴到去葬花。

不只玫瑰是大片大片地落,在我们山上,春天到秋天,坡上都盛开着野百合、野姜花、月桃花、美人蕉,有时连相思树上都是一片白茫茫,风吹来了,花就不可计数地纷飞起来。山上的孩子看见落花流水,想的都是节气的改变,有时候压根儿不会想到花,更别说为花伤情了。

只有一次为花伤心的经验,是有一年父亲种的竹子突然有十几丛开花了,竹子花真漂亮,细致的、金黄色的,像满天星那样怒放出来,父亲告诉我们,竹子一开花就是寿限到了,花朵盛放之后,就会干枯,死去。而且通常同一母株育种的竹子会同时开花,母亲和孩子会同时结束生命。那时我每到竹林里看极美丽绝尘不可逼视的竹子花就会伤心一次,到竹子枯死的那一阵子,总会无端地落下泪来。不过,在父亲插下新枝后,我的伤心也就一扫而空了。

多几次感受到竹子开花这样的经验,就比较知道林黛玉不是神

漫步在青春的河畔

134

杉清玉稀等

经,只是感受比常人敏锐罢了,也慢慢能感受到"昨宵庭外悲歌发,知是花魂与鸟魂?花魂鸟魂总难留,鸟自无言花自羞。愿奴胁下生双翼,随花飞到天尽头。天尽头,何处有香丘?未若锦囊收艳骨,一抔净土掩风流。质本洁来还洁去,强于污淖陷渠沟"那种借物抒情、反观自己的情怀。

长大一点,我更知道了连花草树木都与人有情感、有因缘,为花草树木伤春悲秋,欢喜或忧伤是极自然的事,能在欢喜或悲伤时,对境有所体会观照,正是一种觉悟。

最近又重读了《红楼梦》,就体会到花草原是法身之内,一朵花的兴谢与一个人的成功失败并没有两样,人如果不能回到自我,做更高智慧之追求,使自己明净而了知自然的变迁,有一天也会像一朵花一样在无知中凋谢了。

同时,看一片花瓣的飘落,可以让我们更深地感知无常,正如贾宝玉在山坡上听见黛玉的葬花诗"不觉恸倒山坡之上,怀里兜的落花撒了一地"。那是他想到黛玉的花容月貌终有无可寻觅之时,又推想到宝钗、香菱、袭人亦会有无可寻觅之时,当这些人都无可寻觅时,自己又安在呢?自身既不知何在何往,将来斯处、斯园、斯花、斯柳,又不知当属谁姓!

看看这种无常感,怎么能不恸倒在山坡上?我觉得,整部《红楼梦》就在表达"人生如梦"四字,这是一种无可奈何的无常,只是借黛玉葬花来说，使我们看到了无常的焦点。《红楼梦》还有一支曲子，我非常喜欢，说的正是无常：

"为官的，家业凋零；富贵的，金银散尽。有恩的，死里逃生；无情的，分明报应。欠命的，命已还；欠泪的，泪已尽。冤冤相报实非轻，分离聚合皆前定；欲知命短问前生，老来富贵也真侥幸。看破的，遁入空门；痴迷的，枉送了性命。好一似食尽鸟投林，落了片白茫茫大地真干净！"

从落花而知大地有情，这是体会；从葬花而知无常苦空，这是觉悟；从觉悟中知道万法了不可得，应该善自珍摄，不要空来人间一回，这就是最初步的菩提了。读《红楼梦》不也能使我们理解到青原惟信禅师说的"三十年前见山是山，见水是水。及后亲见亲知，有个入处，见山不是山，见水不是水。如今得个休歇处，依旧见山只是山，见水只是水"的过程吗？

相传从前有一位老僧，经卷案头摆了一部《红楼梦》，一位居士去拜见他，感到十分惊异，问他："和尚也喜欢这个？"

老僧从容地说："老僧凭此入道。"

这虽是传说，但也不无道理，能悟道的，黄花翠竹、吃饭睡觉、瓦罐瓶杓都会使他悟道，何况是《红楼梦》！

虽然《红楼梦》和"悟道"没有必然关系，但只要时时保有菩提之心，保有反观的觉性，就能看出在言情之外言志的那一部分，也可以看到隐在小儿女情意背后那广大的空间。

知悉了大地有情、觉悟了无常苦空、体会了山水的真实、保有了清明的菩提，我们如何继续前行呢？正是"一朝春尽红颜老"的那个"一朝"，是"万古长空，一朝风月"的"一朝"，是知道"放弃今日就没有来日，不惜今生就没有来生"，是"此身不向今生度，更待何生度此身"，是"当下即是"，是"人圆即佛成"！

那么就在每一个"一朝"中保有菩提，心田常开智慧之花，否则，像竹子一样要等到临终才知道盛放，就来不及了。

茶香一叶

在坪林乡，春茶刚刚收成结束，茶农忙碌的脸上才展开了笑容，陪我们坐在庭前喝茶，他把那还带着新焙炉火气味的茶叶放到壶里，冲出来一股新鲜的春气，溢满了一整座才刷新不久的客厅。

茶农说："你早一个月来的话，整个坪林乡人谈的都是茶，想的也都是茶，到一个人家里总会问采收得怎样？今年烘焙得如何？茶炒出来的样色好不好？茶价好还是坏？甚至谈天气也是因为与采茶有关才谈它，直到春茶全采完了，才能谈一点茶以外的事。"听他这样说，我们都忍不住笑了，好像他好不容易从茶的影子中走了出来，终于能做一些与茶无关的事情，好险！

慢慢地，他谈得兴起，把三千元一斤的茶也拿出来泡了，边倒茶边说："你别小看这三千元一斤的茶，是比赛得奖的，同样的品质，在台北的茶店可能就是八千元的价格。在我们坪林，一两五十元的茶算是好茶了，可是在台北一两五十元的茶里还掺有许多茶梗子。

"一般农民看我们种茶的茶价那么高，喝起茶来又是慢条斯理，觉得茶农的生活蛮悠闲的，其实不然，我们忙起来的时候比其他农民都要忙。"

"忙到什么情况呢?"我问他。

他说,茶叶在春天的生长是很快的,今天要采的茶叶不能留到明天,因为今天还是嫩叶,明天就是粗叶子,价钱相差几十倍,所以赶清晨出去一定是采到黄昏才回家,回到家以后,茶叶又不能放,一放那新鲜的气息就没有了,因而必须连夜烘焙,往往工作到天亮,天亮的时候又赶着去采昨夜萌发出来的新芽。

而且这种忙碌的工作是全家总动员,不分男女老少。在茶乡里,往往一个孩子七八岁时就懂得采茶和炒茶了,一到春茶盛产的时节,茶乡里所有孩子全在家帮忙采茶炒茶,学校几乎停顿,他们把这一连串为茶忙碌的日子叫"茶假"——但孩子放茶假的时候,比起日常在学校要忙碌得多。

主人为我们倒了他亲手种植和烘焙的茶,一时之间,茶香四溢。文山包种茶比起乌龙还带着一点溪水清澈的气息,乌龙这些年被宠得有点像贵族了,文山包种则还带着乡下平民那种天真淳朴的亲切与风味。

主人为我们说了一则今年采茶时发生的故事。他由于白天忙着采茶、分茶,夜里还要炒茶,忙到几天几夜都不睡觉,连吃饭都没有时间,添一碗饭在炒茶的炉子前随便扒扒就解决了一餐,不眠不休的工作只希望今年能采个好价钱。

"有一天采茶回来,马上炒茶,晚餐的时候自己添碗饭吃着,扒了一口,没想到就睡着了,饭碗落在地上打破都不知道,人就躺在饭粒上面,隔一段时间梦见茶炒焦了,惊醒过来,才发现嘴里还含着一口饭,一嚼发现味道不对,原来饭在口里发酵了,带着米酒的香气。"主人说着说着就笑起来了,我却听到了笑声背后的一些辛酸。人忙碌到这种情况,真是难以想象,抬头看窗外那一畦畦夹在树林山坡间的茶园,即使现在茶采完了,还时而看见茶农在园中工作的身影,在我们面前摆在壶中的茶叶原来不是轻易得来。

主人又换了一壶新茶,他说:"刚喝的是生茶,现在我泡的是三分仔(即炒到三分的熟茶),你试试看。"然后他从壶中倒出了黄金一样色泽的茶汁来,比生茶更有一种古朴的气息。他说,"台湾做茶的有一句话,说是'南有冻顶乌龙,北有文山包种',其实,冻顶乌龙和文山包种各有各的胜场,乌龙较浓,包种较清,乌龙较香,包种较甜,都是台湾之宝,可惜大家只熟悉冻顶乌龙,对文山的包种茶反而陌生,这是很不公平的事。"

对于不公平的事,主人似有许多感慨,他的家在坪林乡山上的渔光村,从坪林要步行两个小时才到,遗世而独立地生活着,除了种茶,闲来也种一些香菇,他住的地方在海拔八百米高的地方,为

什么选择住这样高的山上？"那是因为茶和香菇在越高的地方长得越好。"

即使在这么高的地方，近年来也常有人造访，主人带着乡下传统的习惯，凡是有客人来总是亲切招待，请喝茶请吃饭，临走还送一点自种的茶叶。他说："可是有一次来了两个人，我们想招待吃饭，忙着到厨房做菜，过一下子出来，发现客厅的东西被偷走了一大堆，真是令人伤心哪！人在这时比狗还不如，你喂狗吃饭，它至少不会咬你。"

主人家居不远的地方，有北势溪环绕，山下有一个秀丽的大舌湖，假日时候常有青年到这里露营，但青年人所到之处，总是垃圾满地，鱼虾死灭，草树被践踏，然后他们拍拍屁股走了，把苦果留给当地居民去尝。他说："二十年前，我也做过青年，可是我们那时的青年好像不是这样的，现在的青年几乎都是不知爱惜大地的，看他们毒鱼的那种手段，真是令人毛骨悚然，这里面有许多还是大学生。只要有青年来露营，山上人家养的鸡就常常失踪。有一次，全村的人生气了，茶也不采了，活也不做了，等着抓偷鸡的人，最后抓到了，是一个大学生，村人叫他赔一只鸡一万块，他还理直气壮地问：'天下哪有这么贵的鸡？'我告诉他：'一只鸡是不贵，可是为了抓你，每个人本来可以采一千五百元茶叶的，都放弃了，为了抓你，我们已经损失好几万了。'"

这一段话，说得在座的几个茶农都大笑起来。另一个老的茶农接着说："像文山区是台北市的水源地，有许多台北人就怪我们把水源弄脏了，其实不是，我们更需要干净的水源，保护都来不及，怎么舍得弄脏？把水源弄脏的是台北人自己，每星期有五十万个台北人到坪林来，人回去了，却把五十万人份的垃圾留在坪林。"

在山上茶农的眼中，台北人是骄横的、自私的、不友善的，是任意破坏山林与溪河的一种动物。有一个茶农说得最幽默："你看台北人自己把台北搞成什么样子，我每次去，差一点窒息回来！一想到我们辛辛苦苦种出来的最好的茶要给这样的人喝，心里就不舒服。"

谈话的时候，他们几乎忘记了我是台北来客，纷纷对这个城市抱怨起来。在我们自己看来，台北这座城市的道德、伦理、精神只是出了问题；但在乡人的眼中，这个城市的道德、伦理、精神是几年前早就崩溃了。

主人看看天色，估计我们下山的时间，泡了今春他自己烘焙出来最满意的茶，那茶还有今年春天清凉的山上气息，掀开壶盖，看到原来蜷缩的茶叶都伸展开来，感到一种莫名的欢喜，心里想着，这是一座茶乡里一个平凡茶农的家，我们为了品早春的新茶，老远跑来，却得到了许多新的教育，原来就是一片茶叶，它的来历也是不凡的，就如同它的香气一样是不可估量的。

从山上回来，我每次冲泡带回来的茶叶，眼前仿佛浮起茶农扒一口饭睡着的样子，想着他口中发酵的一口饭，说给朋友听，他们一口咬定："吹牛的，不相信他们可能忙到那样，饭含在口里怎么可能发酵呢？"我说："如果饭没有在口里发酵，哪里编得出来这样的故事呢？"朋友哑口无言。

然后我就在喝茶时反省地自问：为什么我信任只见过一面的茶农，反而超过我相交多年的朋友呢？

疑问就在鼻息里化成一股清气，在身边萦绕着。

松子茶

朋友从韩国来，送我一大包生松子，我还是第一次看到生的松子，晶莹细白，颇能想起"空山松子落，幽人应未眠"那样的情怀。

松子给人的联想自然有一种高远的境界，但是经过人工采撷、制造过的松子是用来吃的，怎么样来吃这些松子呢？我想起饭馆里面有一道炒松子，便征询朋友的意见，要把那包松子下油锅了。

朋友一听，大惊失色："松子怎么能用油炒呢？"

"在台湾，我们都是这样吃松子的。"我说。

"罪过，罪过。这包松子看起来虽然不多，你想它是多少棵松树经过冬雪的锻炼才长出来的呢？用油一炒，不但松子味尽失，而且也损伤了我们吃这种天地精华的原意了。何况，松子虽然淡雅，仍然是油性的，必须用淡雅的吃法才能品出它的真味。"

"那么，松子应该怎么吃呢？"我疑惑地问。

"即使在生产松子的韩国，松子仍然被看作珍贵的食品，松子最好的吃法是泡茶。"

"泡茶？"

"你烹茶的时候，加几粒松子在里面，松子会浮出淡淡的油脂，并生松香,使一壶茶顿时津香润滑,有高山流水之气。"

当夜,我们便就着月光,在屋内喝松子茶,果如朋友所说的,极平凡的茶加了一些松子就不凡起来了。那种感觉就像是在遍地的绿草中突然开起优雅的小花,并且闻到那花的香气。我觉得,以松子烹茶,是最不辜负这些生长在高山上历经冰雪的松子了。

"松子是小得不能再小的东西,但是有时候,极微小的东西也可以做情绪的大主宰。诗人在月夜的空山听到微不可辨的松子落声,会想起远方未眠的朋友,我们对月喝松子茶也可以说是独尝异味,尘俗为之解脱。我们一向在快乐的时候觉得日子太短,在忧烦的时候又觉得日子过得太长,完全是因为我们不能把握像松子一样存在我们生活四周的小东西。"朋友说。

朋友的话十分有理,使我想起人自命是世界的主宰,但是人并非这个世界唯一的主人。就以经常遍照的日月来说,太阳给了万物生机和力量,并不单给人们照耀;而在月光温柔的怀抱里,虫鸟鸣唱,不让人在月下独享。即使是一粒小小松子,也是吸取了日月精华而生,我们虽然能将它烹茶、下锅,但不表示我们比松子高贵。

佛眼和尚在禅宗的公案里,留下两句名言:

水自竹边流出冷,风从花里过来香。

水和竹原是不相干的，可是因为水从竹子边流出来就显得格外清冷；花是香的，但花的香如果没有风从中穿过，就永远不能为人所知。可见，纵是简单的万物也要透过配合才生出不同的意义，何况是人和松子？

我觉得，人一切的心灵活动都是抽象的，这种抽象宜于联想；得到人世一切物质的富人如果不能联想，他还是觉得不足；倘若是一个贫苦的人有了抽象联想，也可以过得幸福。这完全是境界的差别，禅宗五祖曾经问过："风吹幡动，是风动，还是幡动？"六祖慧能的答案可以作为一个例证："不是风动，不是幡动，仁者心动。"

仁者，人也。在人心所动的一刻，看见的万物都是动的；人若呆滞，风动幡动都会视而不能见。怪不得有人在荒原里行走时会想起生活的悲境大叹："只道那情爱之深无边无际，未料这离别之苦苦比天高。"而心中有山河大地的人却能说出"长亭凉夜月，多为客铺舒"，感怀出"睡时用明霞作被，醒来以月儿点灯"等引人遐思的境界。

一些小小的泡在茶里的松子，一粒停泊在温柔海边的细沙，一声在夏夜里传来的微弱虫声，一点斜在遥远天际的星光……它全是无言的，但随着灵思的流转，就有了炫目的光彩。记得沈从文这样说过："凡是美的都没有家，流星，落花，萤火，最会鸣叫的蓝头红嘴绿翅膀的王母鸟，也都没有家的。谁见过人蓄养凤凰呢？谁能束缚着月光呢？一颗流星自有它来去的方向，我有我的去处。"

　　灵魂是一面随风招展的旗子，人永远不要忽视身边事物，因为它也许正可以飘动你心中的那面旗，即使是小如松子。

莲花汤匙

洗茶碟的时候，不小心打破了一根清朝的古董汤匙，心疼了好一阵子，仿佛是心里某一个角落跌碎一般。

那根汤匙是有一次在金门一家古董店找到的。那一次我们在山外的招待所，与招待我们的军官聊到古董，他说在金城有一家特别大的古董店，是由一位小学校长经营的，一定可以找到我想要的东西。

夜里九点多，我们坐军官的吉普车到金城去。金门到了晚上全面宵禁，整座城完全漆黑了，商店与民家偶尔有一盏烛光的电灯。由于地上的沉默与黑暗，更感觉到天上的明星与夜色有着晶莹的光明，天空是很美很美的灰蓝色。

到古董店时，校长正与几位朋友喝茶。院子里堆放着石磨、石槽、秤锤。房子里十分明亮，与外边的漆黑有着强烈的对比。

就像一般的古董店一样，名贵的古董都被收在玻璃柜子里，每日整理、擦拭。第二级的古董则在柜子上排成一排一排。我在那些摆着的名贵陶瓷、银器、铜器前绕了一圈，没见到我要的东西。后来校长带我到西厢去看，那些不是古董而是民间艺术品，因为没有整理，显得十分凌乱。

最后，我们到东厢去，校长说："这一间是还没有整理的东西，你慢慢看。"他大概已经嗅出我是不会买名贵古董的人，不再为我解说，到大厅里继续和朋友喝茶了。

这样，正合了我的意思，我便慢慢地在昏黄的灯光下寻索检视那些灰尘满布的老东西。我找到两个开着粉红色菊花的明式瓷碗，两个民初的粗陶大碗，一长串从前的渔民用来捕鱼的渔网陶坠。蹲得脚酸，正准备离去时，看到地上的角落开着一朵粉红色的莲花。

拾起莲花，原来是一根汤匙，茎叶从匙把伸出去，在匙心开了一朵粉红色的莲花。卖古董的人说："是从前富贵人家喝莲子汤用的。"

买古董时有一个方法，就是挑到最喜欢的东西要不动声色、毫不在乎。结果，汤匙以五十元就买到了。

我非常喜欢那根莲花汤匙，在黑夜里赶车回山外的路上，感觉到金门的晚上真美，就好像一朵粉红色的莲花开在汤匙上。

回来，舍不得把汤匙收起来，经常拿出来用。每次用的时候就会想起，一百多年前或者曾有穿绣花鞋、戴簪珠花的少女在夏日的窗前迎风喝冰镇莲子汤，不禁感到时空的茫然。小小如一根汤匙，可能就流转过百年的时间，走过千百里空间，被许多不同的人使用，这算不算是一种轮回呢？如果依情缘来说，说不定在某一个前世我就用过这根汤匙，否则，怎么会千里迢迢跑到金门，而在最偏僻的角落与它相会呢？这样一想，使我怅然。

现在它竟落地成为七片。我把它们一一拾起，端视着不知道要不要把碎片收藏起来。对于一根汤匙，一旦破了就一点用处也没有了，就好像爱情一样，破碎便难以缝补，但是，失去曾经宝爱的东西总会有一点不舍的心情。

我想到，在从前的岁月里，不知道打破过多少汤匙，却从来没有一次像这一次，使我为汤匙而叹息。其实，所有的汤匙本来都是一块泥土，在它被匠人烧成的那一天就注定有一天会打破。我的伤感，只不过是它正好在我的手里打破，而它正好画了一朵很美的莲花，正好又是一个古董罢了。

这个世界的一切事物都只不过是偶然。一撮泥土偶然被选取，偶然被烧成，偶然被我得到，偶然地被打破……在偶然之中，我们有时误以为是自己做主，其实是无自性的，在时空中偶然的生灭。

在偶然中，没有破与立的问题。我们总以为立是好的，破是坏的，其实不是这样。以古董为例，如果全世界的古董都不会破，古董终将一文不值；以花为例，如果所有的花都不会凋谢，那么花还会有什么价值呢？如果爱情都能不变，我们将不能珍惜爱情；如果人都不会死，我们必无法体会出生存的意义。然而也不能因为破立无端，就故意求破。大慧宗杲曾说："若要径截理会，须得这一念子嚗地一破，方了得生死，方名悟入。然切不可存心待破。若存心破处，则永劫无有破时。但将妄想颠倒的心、思量分别的心、好生恶死的心、知解会的心、欣静厌闹的心，一时按下。"

大慧说的是悟道的破，是要人回到主体的直观，在生活里不也是这样吗？一根汤匙，我们明知它会破，却不能存心待破，而是在未破之时真心地珍惜它,在破的时候去看清:"呀,原来汤匙是泥土做的。"

这样我们便能知道僧肇所说的:"不动真际为诸法立处。非离真而立处,立处即真也。然则道远乎哉,触事而真;圣远乎哉,体之即神。"(一个不动的真实才是诸法站立的地方。不是离开真实另有站立之处,而是每一个站立的地方都是真实的。每接触的事物都有真实,道哪里远呢?每有体验之际就有觉意,圣哪里遥远呀?)

我宝爱于一根汤匙,是由于它是古董,又画了一朵我最喜欢的莲花,才使我因为心疼而失去真实的观察。如果回到因缘,僧肇也说得很好。他说:"物从因缘故不有,缘起故不无,寻理即其然矣。所以然者,夫有若真有,有自常有,岂待缘而后有哉?譬彼真无,无自常无,岂待缘而后无也?若有不自有,待缘而后有者,故知有非真有。有非真有,虽有不可谓之有矣。"

一根莲花汤匙,若从因缘来看,不是真实的有,可是在缘起的那一刻又不是无的。一切有都不是真有,而是等待因缘才有,犹如一撮泥土成为一根汤匙需要许多因缘;一切无也不是真的无,就像一根汤匙破了,我们的记忆中它还是有的。

我们的情感,乃至于生命,也和一根汤匙没有两样,"捏一块泥,塑一个我",我原是宇宙间的一把客尘,在某一个偶然中,被塑成生命,有知、情、意,看起来是有的、是独立的,但缘起缘灭，终又要散灭于大地。我有时候长夜坐着，看看四周的东西，在我面前的是一张清朝的桌子，我用来泡茶的壶是民初的，每一样都活得比我还久，就连架子上我在海边拾来的石头，也是两亿七千万年前就存在于这个世界了。这样想时，就会悚然而惊，思及"世间无常，国土危脆"，感到人的生命是多么薄脆。

在因缘的无常里，在危脆的生命中，最能使我们坦然活着的，就是马祖道一说的"平常心"了。在行住坐卧、应机接物都有平常心地，知道"月影有若干，真月无若干。诸源水有若干，水性无若干。森罗万象有若干，虚空无若干。说道理有若干，无碍慧无若干"（马祖语）。找到真月，知道月的影子再多也是虚幻；看见水性，则一切水源都是源头活水……

三祖僧璨说："莫逐有缘，勿住空忍。一种平怀，泯然自尽。"这"一种平怀"说得真好。以一种平坦的怀抱来生活，来观照，那生命的一切烦恼与忧伤自然就灭去了。

我把莲花汤匙的破片丢入垃圾桶，让它回到它来的地方。这时，我闻到了院子里的含笑花很香很香，一阵一阵，四散飞扬。

俗士不可医

某天黄昏之时，我在阳台种花，台北的温度是三十三摄氏度，以至于我的汗水完全止不住地流下来，甚至滴落在花盆里。

正好有一位衣冠楚楚的朋友来访，我搬了一把木椅让他坐在一旁。这朋友为人宽厚热情，只是有点俗气，我每次看见他都会想起苏东坡的句子："俗士不可医。"

他一边喝凉水，一边说："你干什么？喜欢花，去买几盆来不就好了，种得又比你自己种的漂亮，何必把自己搞得这么狼狈？"

我笑笑，不理他。

然后他向我夸示，中午和朋友在西华饭店用餐，花钱若干若干，下午又和人在凯悦饭店喝下午茶谈生意，用掉多少多少，他忍不住笑起来："那些钱拿来，足够请人在你这里盖个屋顶花园了。"

我说："那你今天晚上还可以去晶华饭店吃晚餐，在来来饭店吃消夜，然后住在圆山饭店里，跑来我这里干什么？"

朋友说："哎呀！我整天过着虚华的生活，每次跑来看你流血流汗、天下兴亡匹夫有责的样子，心里就很踏实了。"

我把一盆盛开的麒麟草花摆定位，挥汗对朋友说："我这盆花比你在大饭店吃大餐还有价值呀！"

等种花的工作告一段落，我便和打着阿玛尼领带，穿着三宅一生的衬衫，上衣口袋插着万宝龙金笔的朋友，在阳台的晚风与夕阳下喝茶。

"这是一个住在木栅的茶农亲手种了、亲手烘焙，送给我的。"我对朋友说。

他嬉皮笑脸地说："嗯，好喝，我这个人虽然俗气，好茶还是喝得出来的。"——一个肯自认俗气的人，可算还有救的。

我说："只要一想起这茶，是种茶的朋友流血流汗做出来的，滋味就变得多么鲜美呀！"

生活的价值何在呢？那些被现代人所鄙弃的劳动、流汗、素朴的生活，与现代人所追求的浮华、繁忙的日子，什么是更有价值的呢？

我并不排斥偶尔去饭店吃晚餐，感受那刻意营造的气氛。但我也不认为在路边摊吃一碗米粉汤，是没有气氛的事。甚至，饭店中庭的晚餐与街头巷尾的米粉汤，价值也不能衡量，真正有价值的不是在哪里吃、吃些什么，真正有价值的是，用什么心情吃、与哪些人一起吃。

生命里有一些俗气的朋友也是很好的，他们总是为我带来关于价值的反思。

他们还有一些比他们更俗气的朋友,可以做我们的"茶点",例如:有人蹲在黄金做的马桶上,而每天为便秘所苦;有人在客厅中间挖了水池,用来养乌龟,自己也常下去泡水;有人家里藏着猫熊皮、狮皮、鹿角、象牙,以为那些是稀世至珍……

在真正的价值上,什么才是稀世至珍呢?

对我来说,就是每天平安、身心如意,每天有清明的心来与世界的多姿相映,江山如此多娇,心灵自有百媚。

唱自己的歌，跳自己的舞，演自己的戲，拍自己的電影。蘭陵等新劇團，當時擔任藝文版主編的林清玄經發起又愛訊新象藝文的許博允邀請，策性「新象藝訊」編輯，推波助瀾，致使台灣文化藝術煥然一新，充滿了活力。

高信疆離開報社之後，林清玄覺得報社工作已沒有戀，應中華電視公司經理郭淑敏之邀，進入華視企劃部當主管，並主持電視節目「生活筆記」。同時，在中國廣播公司主持每日清晨的帶狀節目「林清玄時間」，累積了不少作家，埋下後來出版有聲書的種子。

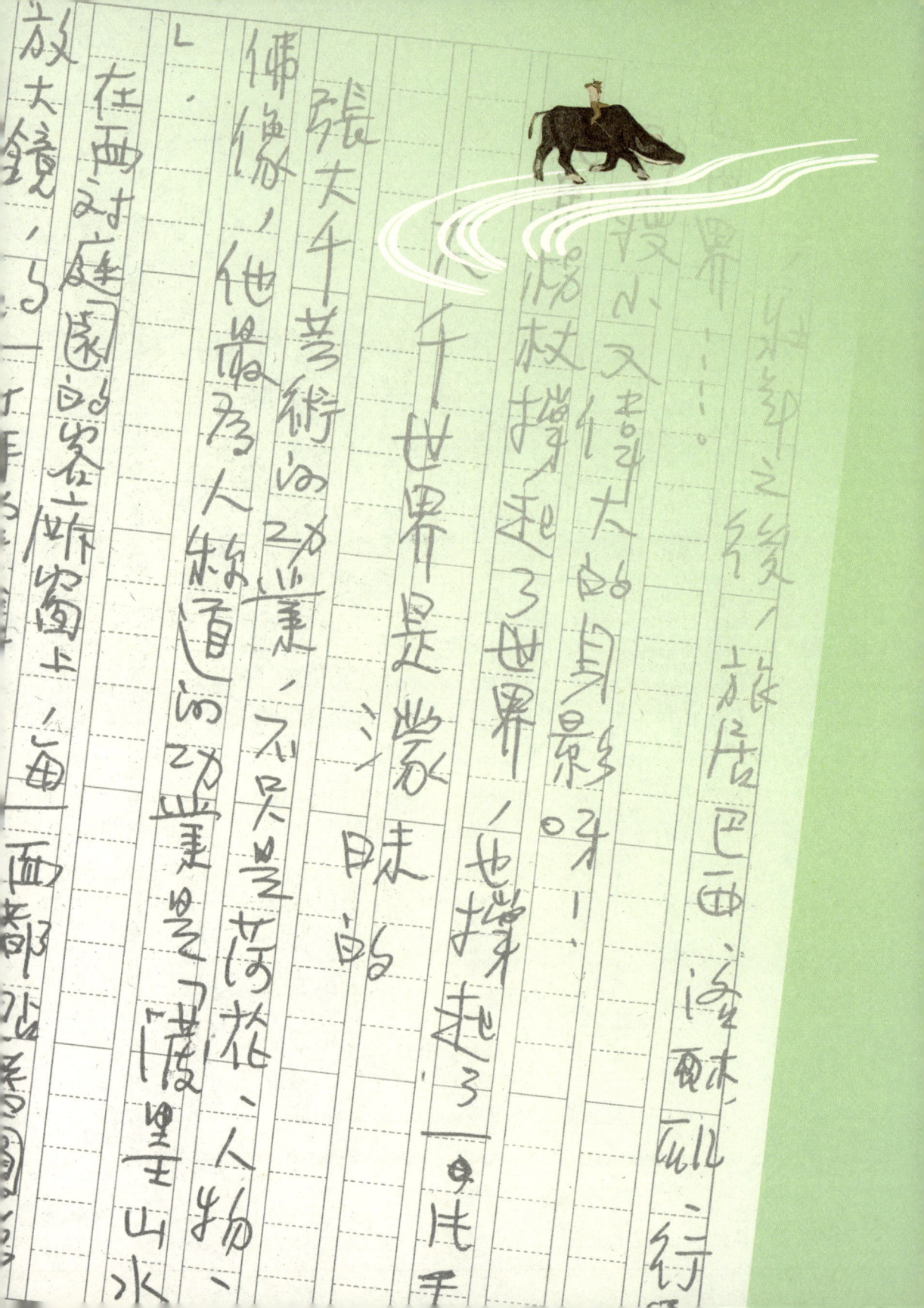

界……投入又看到大的身影,拄杖撐起了世界,他撐起了一千世界是濛昧的。

張大千藝術的功業,不只是荷花、人物、佛像,他做為人就道他的功業是河渡里山水

放大鏡,另一在西對庭園的瓷所窗上每一西都疑著圓

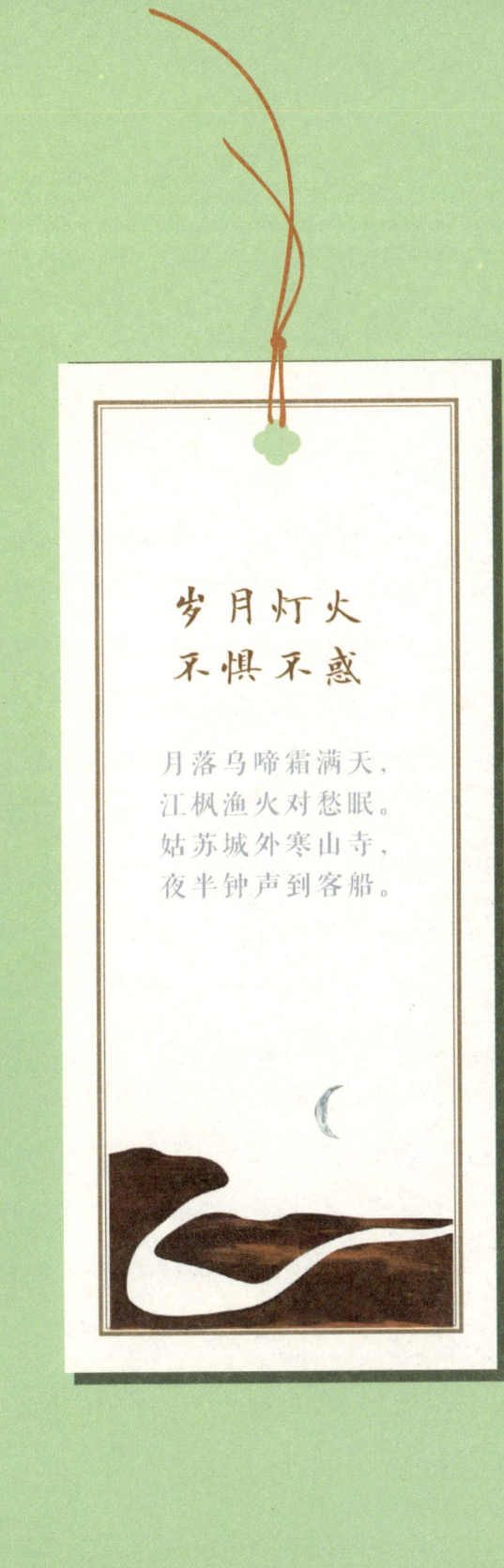

河的感觉

1

秋天的河畔，菅芒花开始飞扬了，每当风来的时候，它们就唱一首洁白之歌，菅芒花的歌虽是静默的，在视觉里却非常喧闹，有时会见到一株完全成熟的种子，突然爆起，向八方飞去，那时就好像听见一阵高音，哗然。

与白色的歌相应和的，还有牵牛花的紫色之歌，牵牛花瓣的感觉是那样柔软，似乎吹弹可破，但没有一朵牵牛花被秋风吹破。

这牵牛花整株都是柔软的，与芒花的柔软互相配合，给我们的感觉是，虽然大地已经逐渐冷肃了，山河仍是如此清朗，特别是有阳光的秋天清晨，柔情而温暖。

在河的两岸，从被刷洗得几乎仅剩砾石的河滩，虽然有各种植物，却以芒花和牵牛花争吵得最厉害，它们都以无限的谦卑匍匐前进。偶尔会见到几株还开着绒黄色碎花的相思树，它们的根在水沙石上暴露，有如强悍的爪子抓入土层的深处，比起牵牛花，相思树高大得像巨人一样，抗衡着沿河流下来的冷。

河，则十分沉静，秋日的河水浅浅地、清澈地在卵石中穿梭，有时流到较深的洞，仿佛平静如湖。

我喜欢秋天的时候在砾石堆中捡石头,因为夏日在河岸嬉游的人群已经完全隐去,河水的安静使四周的景物历历。

河岸的卵石,有一种难以言喻之美。它们长久在河里接受刷洗,比较软弱的石头已经化成泥水往下游流去,坚硬者则完全洗净外表的杂质,在河里的感觉就像宝石一样。被匠心磨去了棱角的卵石,在深层结构里的纹理,就会像珍珠一样显露出来。

我溯河而上,把捡到的卵石放在河边有如基座的巨石上接受秋日阳光的曝晒,准备回来的时候带回家。

连我自己都不能确知,为什么那样爱捡石头,这里面一定有什么原因还没有探触到。有时我在捡石头时突然遇到陌生人,会令我觉得羞怯,他们总用质疑的眼光看着我这异于常人的举动。或者当我把石头拾回,在庭院前品察,并为之分类的时候,熟识的乡人也会以一种似笑非笑的眼光看我,一个人到了中年还有点像孩子似的捡石头,连我自己也感到迷思。

那不纯粹是为了美感,因为有一些我喜爱的石头禁不起任何美丽的分析,只是当我在河里看到它时,它好像漂浮在河面,与别的石头不同。那感觉好像走在人群中突然看见一双熟识的眼睛,互相闪动了一下。

我不只捡乡间河畔的石头,在海外旅行时,如果遇到一条河,我总会捡几粒石头回来纪念。例如有一年我在尼罗河捡了一袋石头回来摆在案前，有人问起，我总说："这是尼罗河捡来的石头。"那人把石头来回搓揉，然后说："尼罗河的石头也没有什么嘛！"

石头捡回来，我很少另作处理，只有一次是例外。我在垦丁海岸捡到几粒硕大的珊瑚礁石，看得出它原是白色的，却蒙上灰色的风尘，我就用漂白水泡了三天三夜，使它洁白得像在海底看见的一样。

我还有一些是在沙仑淡水河捡到的石头，是纯黑的，隐在长着虎苔的大石缝中，同样是这岛上的石头，有的纯白，有的玄黑，一想到，就觉得生命颇有迷离之感。

我并不像一般的捡石者，他们只对石头里浮出的影像有兴趣，例如石上正好有一朵菊花、一只老鼠，或一条蛇，我的石头是没有影像的，它们只是记载了一条河的某些感觉，以及我和那条河相会面的刹那。但偶尔我的石头会出现一些像云、像花、像水的纹理，那只是一种巧合，让我感觉到石头在某个层次上是很柔软的，这种坚强中的柔软之感，使我坚信，在最刚强的人心中，我们必然也可看见一些柔软的纹理，里面有着感性与想象，或者梦一样的东西。

在我的书桌上、架子上，甚至地板上到处都堆着石头，有时在黑夜开灯，觉得自己正在河的某一处激流里，接受生命的冲刷。

那样的感觉好像走在人群中突然看见一双熟识的眼睛，互相闪

动了一下。

2

走在人群中看见熟识的眼睛，互相地闪动，常常让我有河的感觉。

在最繁华的忠孝东路，每当我回来居住在台北的时候，我会沿着永吉路、基隆路，散步到忠孝东路去。我喜欢在人群里东张西望，或者坐在有玻璃大窗的咖啡厅旁边，看着流动如河的人群。虽然人是那样拥挤，却反而给我一种特别的宁静之感，好像秋日的河岸。

在人群中的静观，使我不至于在枯木寒灰的隐居生活中沦入空茫的状态。我知道了人心的喧闹、人间的匆忙以及人是多么渺小，有如河里的一粒卵石。

我是多么喜欢观察人间的活动，并且在波动的混乱中找寻一些美好的事物，或者说找寻一些动人的眼睛。人的眼睛是五官中最会说话的，它无时无刻不在表达着比嘴巴还要丰富的语言——婴儿的眼睛纯净，儿童的眼睛好奇，青年的眼睛有叛逆之色，情侣的眼睛充满了柔情，主妇的眼睛充满了分析与评判，中年人的眼睛沉稳浓重，老年人的眼睛则有历经沧桑后的一种苍茫。

与其说我是在杂沓的城市中看人，还不如说我是在寻找着人的眼睛，这也是超越了美感的赏析的态度，我不太会在意人们穿什么衣裳，或者现在流行什么，或者什么人是美的或丑的。回到家里，浮现在我眼前的，总是人间的许许多多眼神，这些眼神，记载了一条人的河流的某些感觉，以及我和他们相会时的刹那。

有时，见到两个人在街头偶然相遇，在还没有开口说话之前，他们的眼神就已经先惊呼出声，而在打完招呼错身而过时，我看见了眼里的轻微的叹息。

我们要了解人间，应该先看清众生的眼睛。

有一次，在统领百货公司的门口，我看到一个年老的婆婆带着一个稚嫩的孩子，坐在冰凉的磨石板上乞讨，老婆婆俯低着头，看着眼前的一个攒满零钱的脸盆，小孩则仰起头来，一对黑白分明的眼睛，滴溜溜转着，看着从前面川流而过的人群。那脸盆前有一张纸板，写着双目失明的老婆婆家里沉痛的灾变，她是如何悲苦地抚育着唯一的孙子。

我坐在咖啡厅临窗的位置，却看到好几次，每当有人丢下整张的钞票时，老婆婆会不期然地伸出手把钞票抓起，匆忙地塞进黑色的袍子里。

乞讨的行为并不令我心碎，只是让我悲悯，当她把钞票抓起来的那一刹那，才令我真正心碎了。好眼睛的人不能抬眼看世界，却要装成失明者来谋取生存，更让人觉得眼睛是多么重要。

这世界有许多好眼睛的人,却用心把自己的眼睛蒙蔽起来,周围的店招上写着"深情推荐""折扣热卖""跳楼价""最心动的三折"等等,无不是在蒙蔽我们的眼睛,让我们心的贪婪伸出手来,想要占取这个世界的便宜,就好像卵石相碰的水花,这世界的便宜岂是如此容易就被我们侵占?

人的河流里有很多让人无奈的事相,这些事相益发令人感到生命之悲苦。

有一份问卷调查报告显示,青少年十大喜爱的活动,排在第一位的竟是"逛街",接下来是"看电影""游戏"。其实,这都是河流的事,让我看见了,整个城市这样流过来又流过去,每个人在这条河流里游泳,每个人扮演自己的电影,在过程中茫然地活动,并且等待结局。

最好看的电影,结局总是悲哀的,但那不是流泪或者号啕,只是无奈,加上一些些茫然。

有人说,城市人擦破手,感觉上比乡下人擦破手要痛得多。那是因为,城市里难得有破皮流血的机会,为什么呢?因为人人都已是一粒粒的卵石,足够圆滑,并且知道如何避免伤害。

可叹息的是,如果伤害是来自别人、来自世界,总可以找到解决的方法,但城市人的伤害往往来自无法给自己定位,伤害到后来就成为人情的无感,所以,有人在街边乞讨,甚至要伪装盲者才能唤起一丁点的同情，带给人的心动，还不如"心动的三折"。

这往往让人想到溪河的卵石，卵石由于长久的推挤，它只能互相碰撞，但河岸的风景、水的流速、季节的变化，永远不是卵石关心的主题。

因此，城市里永远没有阴晴与春秋，冬日的雨季，人还是一样在街头流动。

你流过来，我流过去，我们在红灯的地方稍作停留，步过人行道，在下一个绿灯分手。

"你是哪里来的？"

"你将要往哪里去？"

没有人问你，你也不必回答。

你只要流着就是了，总有一天，会在某个河岸搁浅。

没有人关心你的心事，因为河水是如此湍急，这是人生最大的悲情。

3

河水是如此湍急，这是人生最大的悲情。

我很喜欢坐船。如果有火车可达的地方，我就不坐飞机；如果有船可坐，我就不搭火车。那是由于船行的速度慢一些，让我的心可以沉潜；如果是在海上，船的视界好一些，使我感到辽阔；更要紧的是，船的噗噗的马达声与我的心脏和鸣，让我觉得那船是由于我心脏的跳动才开航的。

所以在一开航的刹那，就自己叹息：

呀！还能活着，真好！

通常，我喜欢选择站在船尾的地方，船行过处，掀起的波浪往往形成一条白线，鱼会往波浪翻涌的地方游来，而海鸥总是逐波飞翔。

船后的波浪不会停留太久，很快就会平复了，这就是"船过水无痕"，可是在波浪平复的当时，在我们的视觉里，它好像并未立刻消失，总还会盘旋一阵，有如苍鹰盘飞的轨迹，如果看一只鹰飞翔久了，等它遁去的时刻，感觉它还在那里绕个不停，其实，空中

什么也不见了,水面上什么也不见了。

我的沉思总会在波浪彻底消失时沦陷,这使我感到一种悲怀,人生的际遇事实上与船过的波浪一样,它最终是会消失的,可是它并不是没有,而是时空轮替自然的悲哀,如果老是看着船尾,生命的悲怀是不可避免的。

那么让我们到船头去吧!看船如何把海水分割为二,如何以勇猛的香象截河之势,载我们通往人生的彼岸。一艘坚固的船是由很多的钢板千锤百炼铸成,由许多深通水性的人驾驶,这过程里面就充满了承担之美。

让我也能那样勇敢地破浪、承担,向某一个未知的彼岸航去。

这样想时,就好像见到一株完全成熟的芒花,突然爆起,向八方飞去,使我听见一阵洁白的高音,唱哗然的歌。

养着水母的秋天

从南部的贝壳海岸回来,带回来两个巨大的纯白珊瑚礁石。

由于长久埋在海边,那白色珊瑚礁放了许多天都依然润泽,只是缓慢地褪去水分,逐渐露出外表规则而美丽的纹理。但同时我也发现了,失去水分的珊瑚礁仿佛逐渐失去生命的机能,连色泽也没有那样晶灿光亮了。当然,我手里的珊瑚礁不知道在多久以前已经死亡,因于长期濡染海浪的关系,使它好像含蕴了海的生命,不曾死去。

为了让珊瑚礁不失去色泽与生机,我把它们放进一个巨大的玻璃箱里,那玻璃箱原是孩子养水族的工具,在鱼类死亡后已经空了许久。我把箱子注满水,并在上面点了一盏明亮的灯。

在水的围绕与灯的照耀下,珊瑚礁重新醒觉了似的,恢复了我在海边初见时那不可正视的逼人的白色,虽然没有海浪和潮声,它的饱满圆润也如同在海边一样。

我时常坐在玻璃箱旁,静静地看着这两块在海边极平凡的礁石,它虽然平凡,但是要找到纯白不含一丝杂质,圆得没有半点欠缺的珊瑚礁也不容易。这种白色的珊瑚礁原是来自深海的生物,在它死亡后被强劲的海浪冲击到岸上来,刚上岸的时候它是不规则的，要经过千百年一再的冲刷，才使它的外表完全被磨平，呈现出白玉一般的质地。

圆润的白色珊瑚礁形成的过程，本身就带着一些不可思议的神秘气息，宜于时空的联想。在深海里许多许多年，在海浪里被推送许多许多年，站在沙岸上许多许多年，然后才被我捡拾。如果我们从不会见，再过许多许多年，它就粉碎成为海岸上铺满的白色细沙了。面对海的事物，时空是不能计算的，一粒贝壳沙的形成，有时都要万年以上的时间。因此，我们看待海的事物——包括海的本身、海流、海浪、礁石、贝壳、珊瑚，乃至海边的一粒沙——重要的不是知道它历经多少时间，而是能否在其中听到一些海的消息。

海的消息？是的，就像我坐在珊瑚礁的前面，止息了一切心灵的纷扰，就听到从最细微处涌动的海潮音，像是我在海岸旅行时所听见的一般。海的消息是不论我们离开海边多久，都那样亲近而又辽远、细微而又巨大、深刻而又永久。

有一个从海岸迁居到都市的老人告诉我，从海岸来的人在临终的时候，转身面向故乡的海，最后一刻所听见的潮声，与他初生时听见的海潮音之第一印象，是完全相同的。"所以，海边来到都市的人们，死时总面向着海，脸上带着一种似有若无似笑非笑的苍茫神情，那种表情就像黄昏最后时刻，海上所迷离的雾气呀！"老人这样下着结论。

我边听老人说话，边就起了迷思：一个初生的婴儿，我们顺着他的啼声往前追索，不管他往什么方向哭，最后是不是都到了海边呢？一个临终的老人，我们顺着他的眼睛往远处推去，不管他躺卧什么方向，最后是不是都到了海岸呢？我们是住在七山八海交互围绕的世界，所以此岸就是彼岸，彼岸就是此岸，都市汹涌的人群是潮水的一种变奏，人潮中迷茫的眼睛，何尝不是海岸上的沙呢？

对于海，问题不在我们的时空、距离、位置，问题在于我们能不能体贴海的消息。眼前的白色珊瑚礁在某些时候，确实让我想到临终时在心里听到海潮音的老人。它闭着眼睛，身体僵硬如石，石心里还有温暖的质地，那是属于海的部分，不能够改变的。

我养了那两个礁石很久以后，有一天，夜里开灯，突然看见了水面上翻滚漂浮着的一群生物，在灯光下闪动着荧光，我感到十分吃惊，仔细地看那群生物，它们的身体很小，小得如同初生婴儿小拇指上的指甲，身上的颜色灰褐透明，两旁则有无数像手一样的东西在划动着，当它浮到水面时，一翻身，反射灯光就放出磷火一样的光芒。它身体的形状也像一片指甲，但也像一把伞，背后还有细微几乎不可辨认的黑点。

这一群不知从哪里冒出来的生物就像太空船忽然来临，使我惶惑。到底这是什么生物？什么因缘突然出生在水族箱里？我只能判别这群生物的诞生必与珊瑚礁石有关，其他却什么都不知道。

直到有一天来了一位懂生物的朋友，他大叫一声："哎呀！这是水母嘛！"我们坐着研究半天，才得出这样的结论：水母是由体腔壁排卵，卵子孵化为胚以后，就会附着在海上的物体，像礁石一类，过一段时间从胚中横裂分离，就生出水母，一个胚分裂后会变成一群水母，我从海岸携回的白色珊瑚礁原来就有水母胚胎的附着，到水族箱以后才分裂生出了一大群小水母。

"这已经是最合理的推论了,不过,"朋友带着疑惑的表情说,"理论上,水母在淡水,尤其是自来水出生,一定会立刻死亡,不会活这么久。"我们同时把目光移向在水里快乐游动的水母,它们已经活了几十天,应该还会继续活下去。

朋友说:"有一点似乎可以解释这奇怪的现象,有些科学家实验在水中生孩子,小孩生下来自然就会游泳,反过来说,水母在淡水中生活也不是不可能。"

接下来许多日子的深夜,我都会想着水母在水族箱中存活的原因,它们在水族箱中诞生的时候,并不知道这世界上有海,当然也没有海水的记忆,这使它可以毫无遗憾地在注满自来水的玻璃箱中生活,水母和人其实没什么不同,今日生活在欧美严寒雪地中的黑人,如何能记忆他们热带蛮荒中的祖先呢?

水母在水族箱中活着,却也带给我一些恐慌,那是因为问遍所有的鱼店,没有一个人知道如何养水母,只好偶尔用海藻来喂它们,幸而水母也一天天长大了,养了一整个秋天,每一只水母都长得像大拇指指甲一样大了。自然,这些水母赢得了无数的赞叹,水族馆中任何名贵的水族都不能相比。

当我还在痴心妄想水母是不是可以长得像海面上的品种那么巨大的时候,水母就一只一只在箱中死亡,冬天才开始不久,一群水母都死光了。我找不出它们死亡的原因,是由于冬季太冷吗?海上的冬天不是比水族箱更冷！是由于突然有了海的记忆吗？已经过了这么久，哪里还会在意！或者是由于某些不知的意识突然抬头而意识到自己只能在海里生存吗？

水母没有给我任何回声，我唯一能确信的是那些水母临终前，一定能听见海的潮声，虽然它们初生时并未听见。

水母死后，我经历了一段时间的忧伤，就像海边的渔民遇到东北季风。一直到有一天我和一群朋友相见，我指着水族箱对他们说："在这个水族箱里，我曾经养过一群水母，养了一整个秋天。"竟然没有一个人肯完全地相信，因为水族箱早已空了，只剩下两块失去海色的珊瑚礁，当朋友说"骗鬼！"的时候，我才真正从隐秘的忧伤中醒来。

海潮、水母、秋天、贝壳海岸，都是多么真实的东西，只是因为时间，所以不在了。

我想到带我去贝壳沙滩的朋友。他说："主要是去见识整个海岸布满贝壳沙的情景，捡贝壳还是小事。"最后，我没有捡贝壳，却在海岸的角落带回珊瑚礁，于是就有了水族箱，有了水母，以及因水母而心情变化的秋天，还时常念记着海天的苍茫……这种真实，其实是时间偶遇的因缘。

因缘固然能使我们相遇，也能使我们离散，只要我们足够明净，相遇时就能听见彼此心海的消息，即使是散了，海潮仍然涌动，偶尔也会记起，海面上的深夜，曾有过水母美丽的磷光，点缀着黑暗。

　　在时间上、在广大里、在黑暗中、在忧伤深处、在冷漠之际，我们若能时而真挚地对望一眼，知道石心里还有温暖的质地，也就够了。

红心番薯

看我吃完两个红心番薯,父亲才放心地起身离去,走的时候还落寞地说:为什么不找个有土地的房子呢?

这次父亲北来,是因为家里的红心番薯收成,他特地背了一袋给我,还挑选了几个格外好的,希望我种在庭前的院子。他万万没有想到,我早已从郊外的平房搬到城中的大厦,是根本容不下绿色的地方,甚至长不出一株狗尾草,不要说番薯了。

到车站接了父亲回到家里,我无法形容父亲的表情有多么近乎无望。他在屋内转了三圈,才放下提着的麻袋,愤愤地说:"伊娘咧,你竟住在无土的所在!"一个人住在脚踏不到泥土的地方,父亲竟不能忍受,也是我看到他的表情才知道的。然后他的愤愤转成喃喃:"你住在这种上不着天下不落地的所在,我带来的番薯要种在哪里?要种在哪里?"

父亲对番薯的感情,也是这两年我才深切知道的。

有一次我站在旧家前,看着河堤延伸过来的苇芒花,在微凉秋风中摇动着,那些遍地蔓生的苇芒长得有一人高,我看到较近的苇芒摇动得特别厉害,凝神注视,才突然看到父亲走在那一片苇芒里,我大吃一惊。原来父亲的头发和秋天灰白的苇芒花是同一个颜色，他在遍生苇芒的野地里走了几百米，我竟未能看见。

那时我站在家前的番薯田里，父亲来到我的面前，微笑地问："在看番薯吗？你看长得像羊头一样大了哩！"说着，他蹲下来很细心地拨开泥土，捧出一个精壮圆实的番薯来，以一种赞叹的神情注视着番薯。我带着未能在苇芒花中看见父亲身影的愧疚心情，与他面对面蹲着。父亲突然像儿童般天真欢愉地叹了一口气，很自得地说："你看，恐怕没有人番薯种得比我好了。"然后他小心翼翼地把那个番薯埋入土中，动作像在收藏一件艺术品，神情庄重又带着收获的欢愉。

父亲的神情使我想起幼年有关于番薯的一些记忆。有一次我和几个内地的小孩子吵架，他们一直骂着："番薯呀！番薯呀！"我们就回骂："老芋呀！老芋呀！"

对这两个名词，我是疑惑的，回家询问了父亲。那天他喝了几杯老酒，神情至为愉快，他打开一张老旧的地图，指着台湾的那一部分说："台湾的样子真是像极了红心的番薯，你们是这番薯的子弟呀！"而无知的我便指着北方广阔的大陆说："那，这大陆的形状就是一个大的芋头了，所以大陆人是芋仔的子弟？"父亲大笑起来，抚着我的头说："憨团仔，我们也是大陆来的，只是来得比较早而已。"然后他用一支红笔，从我们遥远的兆万故乡有力地画下来，牵连到我们所居的台湾南部。那时在十烛光的灯泡下，我第一次认识到，芋头与番薯原来是极其相似的植物，并不是我们想象中那么判然有别的。也第一次知道，原来在东北会落雪的故乡，也遍生着红心的番薯。

我更早的记忆，是从我会吃饭开始的。家里每次收成番薯，总是保留一部分填置在木板的眠床底下。我们的每餐饭中一定煮了三分之一的番薯，早晨的稀饭里也放了番薯，有时吃腻了，我就抱怨起来。

听完我的抱怨，父亲就激动地说起他少年时的往事。他们那时为了躲警报，常常在防空壕里一窝就是一整天。所以祖母每每把番薯煮好放着，一旦警报声响，父亲的九个兄弟姊妹就每人抱两三个番薯直奔防空壕，一边啃番薯，一边听飞机和炮弹在四处交响。他的结论常常是："那时候有番薯吃，已经是天大的幸福了。"他一说完这个故事，我们只好默然地把番薯扒到嘴里去。

父亲的番薯训诫并不是寻常都如此严肃，偶尔也会说起战前在日本人的小学堂中放屁的事。由于吃多了番薯，屁有时是忍耐不住的，当时吃番薯又是一般家庭所不能免，父亲形容说："因此一进了教室往往是战云密布，不时传来屁声。"而他说放屁是会传染的，常常一呼百诺，万众皆响。有一回屁放得太厉害，全班被日本老师罚跪在窗前，即使跪着，屁声仍然不断。父亲玩笑地说："经过跪的姿势，屁声好像更响了。"他说这些的时候，我们通常就吃番薯

吃得比较甘心，放起屁来也不以为忤了。

然后是一阵战乱，父亲到南洋打了几年仗，在丛林之中，时常从睡梦中把他唤醒，时常让他在思乡时候落泪的，不是别的珍宝，只是普普通通的红心番薯。它烤炙过的香味，穿过数年的烽火，在万金家书也不能抵达的南洋，温暖了一个年轻战士的心，并呼唤他平安地回到家乡。他有时想到番薯的香味，一张像极番薯形状的台湾地图就清楚地浮现，思绪接着往南方移动，再来的图像便是温暖的家园，还有宽广无边结满黄金稻穗的大平原……

战后返回家乡，父亲的第一件事便是在家前家后种满了番薯，这在日后遂成为我们家的传统。家前种的是白瓤番薯，粗大壮实，可以长到十斤以上一个；屋后一小片园地是红心番薯，一串一串的果实，细小而甜美。白瓤番薯是为了预防战争逃难而准备的，红心番薯则是父亲南洋梦里的乡思。

每年父亲从南洋归来的纪念日，夜里的一餐我们通常不吃饭，只吃红心番薯，听着父亲诉说战争的种种，那是我农夫父亲的忧患意识。他总是记得饥饿的年代番薯是可以饱腹的。如今回想起来，一家人围着小灯食薯，那种景况我在凡·高的名画《食薯者》中几乎看见。在沉默中，是庄严而肃穆的。

在这个近百年来中国最富裕的地方，父亲的忧患想来恍若一个神话。大部分人永远不知有枪声，只有极少数经过战争的人，在他们的心底有一段番薯的岁月，那岁月里永远有枪声时起时落。

由于有那样的童年，日后我在各地旅行的时候，便格外留心番薯的踪迹。我发现在我们所居的这张番薯形状的地图上，从最北角到最南端，从山坡上干瘠的石头地到河岸边肥沃的沙埔，番薯都能够坚强地、不经由任何肥料与农药而向四方生长，并结出丰硕的果实。

有一次，我在澎湖人已经迁徙的无人岛上，看到人所耕种的植物都被野草吞灭了，只有遍生的番薯还和野草争着方寸，在无情的海风烈日下开出一片淡红的晨曦颜色的花，而且在最深的土里，各自紧紧握着拳头。那时我知道在人所种植的作物之中,番薯是最强悍的。

这样想着,幼年家前家后的番薯花突然在脑中闪现,番薯花的形状和颜色都像牵牛花,唯一不同的是,牵牛花不论在篱笆上,在阴湿的沟边,都是抬头挺胸,仿佛要探知人世的风景;番薯花则通常是卑微地依着土地,好像在嗅着泥土的芳香。在夕阳将下之际,牵牛花开始萎落,而那时的番薯花却开得正美,淡红夕云一样的色泽,染满了整片土地。

正如父亲常说,世界上没有一种植物比得上番薯,它从头到脚都有用,连花也是美的。现在连台北最干净的菜场也卖有番薯叶子,价钱还颇不便宜。有谁想到这是在乡间最卑贱的菜,是逃难的时候才吃的?

在我居住的地方,巷口本来有一个卖糖番薯的老人,一个滚圆的大铁锅,挂满了糖渍过的番薯,开锅的时候,一缕扑鼻的香味由四面扬散出来。那些番薯是去皮的,长得很细小,却总像记录着什么心底的珍藏。有时候我向老人买一个番薯,散步回来时一边吃着,那蜜一样的滋味进了腹中,却有一点酸苦,因为老人的脸总使我想起在烽烟中奔走过的风霜。

老人是离乱中幸存的老兵,家乡在山东偏远的小县城。有一回我们为了地瓜问题争辩起来,老人坚持台湾的红心番薯如何也比不上他家乡的红瓤地瓜，他的理由是："台湾多雨水，地瓜哪有俺的家乡甜？俺家乡的地瓜真是甜得像蜜的！"老人说话的神情好像当时他已回到家乡，站在地瓜田里。看着他的神情，使我想起父亲和他的南洋，他在烽火中的梦，我乃真正知道，番薯虽然卑微，它却联结着乡愁的土地，永远在乡思的天地里吐露新芽。

父亲送我的红心番薯过了许久，有些要发芽的样子，我突然想起在巷口卖糖番薯的老人，便提去巷口送他，没想到老人改行卖牛肉面了。我说："你为什么不卖地瓜呢？"老人愕然地说："唉，这年头，人连米饭都不肯吃了，谁来买俺的地瓜呢？"我无奈地提番薯回家，把番薯袋子丢在地上，一个番薯从袋口跳出来，破了，露出其中的鲜红血肉。这些无知的番薯，为何经过卅年，心还是红的，不肯改一点颜色？

老人和父亲生长在不同背景的同一个年代，他们在颠沛流离的大时代里，只是渺小而微不足道的人，可能只有那破了皮的红心番薯才能记录他们心里的颜色；那颜色如清晨的番薯花，在晨曦掩映的云彩中，曾经欣欣地茂盛过，曾经以卑微的球根累累互相拥抱、互相温暖，他们之所以能卑微地活过人世的烽火，是因为在心底的深处有着故乡的骄傲。

站在阳台上，我看到父亲去年给我的红心番薯，我任意种在花盆中，放在阳台的花架上，如今，它的绿叶已经长到磨石子地上，甚至有的伸出阳台的栏杆，仿佛在找寻什么。每一丛红心番薯的小叶下都长出根的触须，在石地板上久了，有点萎缩而干枯了。那小小的红心番薯竟是在找寻它熟悉的土地吧！因为土地，我想起父亲在田中耕种的背影，那背影的远处，是他从芦苇丛中远远走来，到很近的地方，花白的发，冒出了苇芒。为什么番薯的心还红着，父亲的发竟白了？

在我十岁那年，父亲首次带我到都市来，我们途经一片被拆除公寓的工地，工地堆满了砖块和沙石；父亲在堆置的砖块缝中，一眼就辨认出几片番薯叶子，我们循着叶子的茎络，终于找到一株几乎被完全掩埋的根，父亲说："你看看这番薯，根上只要有土，它就可以长出来。"然后他没有再说什么，执起我的手，走路去饭店参加堂哥隆重的婚礼。如今我细想起来，那一株被埋在建筑工地的番薯，是有着逃难的身世，由于它的脚在泥土上，苦难也无法掩埋它，比起这些种在花盆中的番薯，它有着另外的命运和不同的幸福，就像我们远离了百年的战乱，住在看起来隐秘而安全的大楼里，却有了失去泥土的悲哀——伊娘咧！你竟住在无土的所在。

星空夜静，我站在阳台上凝视盆中的红心番薯，发现它吸收了夜的露水，在细瘦的叶片上，片片冒出了水珠，每一片叶都沉默地小心地呼吸着。那时，我几乎听到了一个有泥土的大时代，上一代人的狂歌与低吟都埋在那小小的花盆里，只有静夜的敏感才能听见。

阿火叔与财旺伯仔

十年没有上父亲的林场了，趁年假和妈妈、兄弟，带着孩子们上山。

车过六龟乡的新威农场，发现沿途的景观与从前不大相同了，道路宽敞，车子呼啸而过。想到从前有一次和哥哥坐在新威学校门口，看一小时才一班的客运车，喘着气登山而去，我对哥哥说："长大以后，如果能当客运车司机就好了。"然后我们挽起裤管入山，沿山溪行走，要走一个小时才会到父亲开山时住的山寮。那时用竹草搭成的寮仔里，住着父亲和他的三个至交——阿火叔、成叔、财旺伯仔。

父亲当时还是多么年轻强壮，从南洋战后回来，和少年时的伙伴一起来开山。三十几年前的新威山还是一片非常原始的林地，没有道路，渺无人居，水电那是更不用说。听父亲说起，刚开山的时候，路上蛇虫爬行，人时常与石虎、山猪、猴子、山羌、穿山甲惊慌相对。在寒冷的冬夜睡醒，发现山寮里全是盘旋避寒的蛇，有时要把蛇拨开，才能找到落脚的地方走出去。

彼时，我刚刚出世。父亲为了开山，有时整个月没有时间低下头来看我一眼，听母亲这样说。

母亲说:"你爸爸为了开山,每天清晨从家里骑脚踏车到新威,光骑车就要两小时。然后步行到深林里去,有时候则整季住在山里。"

每到立秋,雨季来的时候,母亲在夜里常被远方的暴雨与雷声惊醒,不知道在山洪中与命运搏斗的父亲,是否能平安归来。

一直经过二十几年,父亲的四百多甲山林才大致开垦出来。产业道路可以通卡车了,电灯来了,电话线通了,桃花心木、南洋杉、刺竹林都可以收成了,父亲竟带着未完成的梦想离开了我们。

在新威的路上,妈妈告诉我,阿火叔在前年因肺气肿也过去了,成叔离开山林后不知去向,现在山里只剩财旺伯仔住着。听到这些事,我也会因无常而感到哀伤,想到在三十几年前,几个刚步入壮年的朋友,一起挥别家人来开山的情景。

我站在山里,对孩子说:"我们刚刚走过的路都是阿公开出来的。现在你所看得到的山都是我们的,林木是阿公种好的。"孩子茫然地说:"真的吗?真的吗?"对一个城市长大的孩子,真的很难想象四百多甲山林是多么巨大,没有边际。

小时候,我很喜欢到山里陪爸爸住,因为只有这样才有更多时间与父亲相处。在山中的父亲也显得特别温柔,他会带我们去溪涧游泳,去看他刚种的树苗,去认识山林里的动物和植物,甚至教我们使用平常不被准许触摸的番刀与猎枪。

我特别怀念的是与父亲、成叔、阿火叔、财旺伯仔一起穿着长长的雨鞋，到尚未开发的林地去巡山，检查土质、山势和风向，决定怎么样开发。父亲对森林那种专注的热情，常使我深深感动和向往，仿佛触及支持父亲梦想的那内在柔软的草原。我也怀念立秋雨季来的时候，我们坐在山寮的屋檐下看丰沛的雨水灌溉山林；夜里，把耳朵贴在木板床上，听着滚滚隆隆的山洪从森林深处流过山脚；油灯旁边，父亲煮着决明子茶，芬芳的水汽在屋子里徘徊了一圈，才不舍地逸入窗外的雨景。

我对父亲有深刻的崇仰与敬爱，和他在森林开垦的壮志是不可分的。

那样美好的山林生活，一晃已经三十年了。当我看见财旺伯仔的时候，感觉那就像梦一样。财旺伯仔看见我们，兴奋地跑过来和我们拥抱。他的子孙也都离开了山林，只有他和财旺伯母数十年地守着山寮，仍然每天挑着水桶走三公里到溪底挑水，白天去巡山，夜里倾听大溪的流水声。

提到父亲和阿火叔的死、成叔的离山，他只是长长地叹一口气。他说："我现在也不喝酒了，没有酒伴，哎！"

他带我们爬到山的高处，俯望着广大的山林，说："你爸爸生前就希望你们兄弟有人能到山里来住，这个希望不知道能不能实现呢！"然后，他指着刺竹林山坡说，"阿玄仔，你看那里盖个寮仔也

不错，只要十几万就可以盖得很美呀！"

在我成长的岁月里，有无数次曾立志回来经营父亲的森林，但是年纪愈长，那梦想的芽苗则隐藏得愈深了。随着岁月，我愈来愈能了解父亲少年时代的梦。其实，每个人都有过山林的梦想，只是很少很少人能去实践它。

我的梦想已经退居到对财旺伯仔说："如果能再回山来住几天就好了。"

离开财旺伯仔的山寮已是黄昏。他和伯母站在大溪旁送我们，直到车子开远，还听见他的声音："立秋前再来一趟呀！"

天色暗了，我回头望着安静的森林，感觉到林地的每一寸中，都有父亲那坚强高大的背影。

榉树与香樟的牵手

在江苏的园林,看见了许多高大的榉树与香樟,树形苍古优美、姿态万千。

心里起了疑情,问了当地的朋友。

朋友说:"这是我们江苏古代的风俗!"

原来,在江苏的许多大户人家,生了男孩,就会在花园里种一棵榉树,期许这个孩子将来可以中举。如果生了女儿,就会在园中种一棵香樟树,来表达内心的欢喜。

朋友自豪地说:"在中国其他的地方,生女儿都叫'弄瓦',生男孩叫'弄璋'。只有在江苏例外,生女儿的欢喜不亚于男孩,所以种一棵樟树来纪念,表示生女儿也是'弄璋'呀!"

我围绕着那些两个人才能合抱的榉树与香樟,内心感动不已,想到几百年前的人就有这么深刻的期许与祝愿,就像受到温柔的春风吹拂,澎湃而波动。

榉树与香樟的故事未完,还有更深情的一面。

到了二八年华,园中的榉树与香樟会长高过围墙,人们走过围墙,看到榉树探头,就会知道:"这家的少爷可以娶亲了!"如果高出围墙的是香樟,就知道:"这家的姑娘可以出嫁了!"

若是这家的门风不错,自己家里又正好有初长成的少爷姑娘,就可以央请媒婆去提亲了。

那些走街串巷的媒婆,见了墙头的榉树与香樟,也会主动去凑合。等到树顶长过了屋顶,表示事情急了,往往说媒就能成功。

在我眼前的榉树与香樟,竟是古代的婚姻密码,循着密码,还可以找到古代父母那些美丽的心情,看见南方人的浪漫精神。

浪漫精神不仅于此也,在江苏,如果有人请喝酒,最好的待客不是昂贵的红酒,也不是浓烈的白酒。

顶级的是黄酒,尤其是窖藏多年的黄酒。

江苏的许多地方,生孩子的时候,不论生的是男孩女孩,父母会请最好的酿酒师,酿很多黄酒存在地窖。等到男孩长大娶亲的时候,拿出来一半当聘礼,一半请亲朋好友共饮,叫作"状元红";若是女孩,一半当嫁妆,一半共饮,称为"女儿红"。

本来是"黄酒",怎会变成"红"呢?一是为了喜庆;二是因为酒储放的时间长了,酒色偏红;三是为了祝福,酒缸上都贴了红纸。

"状元红""女儿红"藏二十年只是基本数,也有三四十年的。

我每次看朋友从橱柜中,小心翼翼地捧出一坛老黄酒,一打开,封存了数十年的酒香,从时空的长廊汩汩穿出,未饮已先醉了。

使我醉的，不是酒，是时间，也是空间。

我们活在借来的空间里，我们也活在时间的锁链中，是酒香穿透了我们，使我们在漂泊中还有明觉。

使我醉的，不是酒，是浪漫，也是深情。

千百年来，父母就有这么浪漫的心，就有如此深情的期许，那酒香有一代一代的缠绵，一点一滴、一丝一缕，在我们的血液中，沸腾不已。

我捧着一杯四十年的女儿红，听着遥远的秋风，吹过榉树、拂过香樟，我叹息感动，不知多少秋声，在杯中回旋。

岁月的灯火都睡了

前些日子在香港，朋友带我去游维多利亚公园，我们黄昏的时候坐缆车到太平山上。这个公园在香港生活是一个异数，香港的万丈红尘声色犬马看了叫人头昏眼花，只有太平山还保留了一点绿色的优雅的情趣。

我很喜欢上公园的铁轨缆车，在陡峭的山势上硬是开出一条路来，缆车很小，大概可以挤四十个人，缆车司机很悠闲地吹着口哨，使我想起小时候常常坐的运甘蔗的台糖小火车。

不同的是，台糖小火车恰恰碰碰，声音十分吵人，路过处又都是平畴绿野，铁轨平平地穿过原野。太平山的缆车却是无声，它安静地前行，山和屋舍纷纷往我们背后退去，一下子间，香港——甚至九龙——都已经远远地抛在脚下了。

有趣的是，缆车道上奇峰突起，你根本不知道下一刻会有什么样的视野，有时候视野平朗了，你以为下一站可以看得更远，下一站有时被一株大树挡住了，有时又遇到一座三十层高的大厦横生面前。一留心，才发现山上原来也不是什么蓬莱仙山，高楼大厦古堡别墅林立，香港的拥挤在这个山上也可以想见了。

　　缆车站是依山而建，缆车半路上停下来，就像倒吊悬挂着一般，抬头固不见顶，回首也看不到起站的地方，我们便悬在山腰上，等待缆车司机慢慢启动。终于抵达了山顶，白云浓得要滴出水来，夕阳正悬在山的高处，这时看香港因为隔着山树，竟看出来一点都市的美了。

　　香港真是小，绕着维多利亚公园走一圈已经一览无余，右侧由人群和高楼堆积起来的香港、九龙闹市区，正像积木一样，一块连着一块，像一个梦幻的都城，你随便用手一推就会应声倒塌。左侧是海，归帆点点，岛与岛在天的远方。

　　香港商人的脑筋动得快，老早就在山顶上盖了大楼和汽车站；大楼叫"太平阁"，里面什么都有，书店、工艺品店、超级市场、西餐厅、茶楼，等等，只是造型不甚调和。汽车站是绕着山上来的，想必比不上缆车那样有风情。

　　我们在"太平阁"吃晚餐，那是俯瞰香港最好的地势，我们坐着，眼看夕阳落进海的一方，并且看灯火在大楼的窗口一个个点燃，才一转眼，香港已经成为灯火辉煌的世界。我觉得，香港的白日是喧哗让人烦厌的，可是香港的夜景却是美得如同神话里的宫殿，尤其是隔着一脉山一汪水，它显得那般安静，好像只是点了明亮的灯火，而人都安息了。

我说我喜欢香港的夜景。

朋友说："因为你隔得远，有距离的美，你想想看，如果你是那一点点光亮的窗子里的人，就不美了。"他想了一下又说，"你安静地注视那些灯，有的亮，有的暗，有的亮过又暗了，有的暗了又亮起来，真是有点像人生的际遇呢！"

我们便坐在太平山上看香港九龙的两岸灯火。那样看人被关在小小的灯窗里，人真是十分渺小的，可是人多少年来的努力竟是把自己从山野田园的广阔天地上关进一个狭小的窗子里，这样想时，我对现代文明的功能不免生出一种迷惑的感觉。

朋友并且告诉我，香港人的墓地不是永久的，人死后八年便必须挖起来另葬他人，因为香港的人口实在太多了，多到必须和古人争寸土之地——这种人给人的挤迫感，只要走在香港街头看汹涌的人潮就体会深刻了。

我们就那样坐在山上看灯看到夜深，看到很多地区的灯灭去，但是另一地区的灯再亮起来——香港是一个不夜的城市——我们坐最后一班缆车下山。

下山的感觉也十分奇特，我们背着山势面对山尖，车子却是俯冲下山，山和铁轨于是顺着路一大片一大片露出来。我看不见车子前面的风景，却看见车子后面的风景一片一片地远去，本来短短的铁轨愈来愈长,终于长到看不见的远方,风从背后吹来,呼呼地响。

我想到,岁月就像那样,我们眼睁睁地看自己的往事在面前一点一点淡去,而我们的前景反而在背后一滴一滴淡出,我们不知道下一站在何处落脚,甚至不知道后面的视野怎么样,只能走一步算一步。

往事再好,也像一道柔美的伤口,它美得凄迷,却是每一段都是有伤口的。它最后联结成一条轨道,隐隐约约透露出一些规则来,社会和人不也是一样吗?成与败都是可以在过去找到一些讯息的。

到山下时,我抬头看太平山,山已经笼罩在月光之中。那一天,我在寄寓的香港酒店顶楼坐着,静静地沉默地俯望香港和九龙,一直到九龙尖沙咀的灯火和对岸香港天星码头的灯火,都在凌晨的薄雾中暗去,我想起自己过去所经历的一些往事,真切地感受到,当岁月的灯火都睡去的时候,有些往事仍鲜明得如同在记忆的显影液中,我们看它浮现出来,但毕竟是过去了。

向往一切幸福的可能

想在顶楼阳台种菜，因为阳光、空气、水都是现成的。

在城市的花店买了泥土和空盆，一切的前置作业都完成了，才发现，缺少一样最重要的东西，就是青菜的种子。

"青菜的种子"，这在我童年时随处可见的东西，在现代都市却遍寻不着，甚至连号称什么东西都买得到的网络，也没人卖。

买不到青菜种子，应该是城市里没人种菜了，从前的人惜土惜食，即使是一小块土地，也会种些什么，现在外食太方便，谁会买菜籽来种呢？其次是，卖菜籽的利润微薄，赔钱的生意没人做，谁会花力气去卖一包不到十元的菜籽呢？

城市里找不到，只好托住在乡下的弟弟，到乡间市场去找。

弟弟办事效率奇高，很快就寄来一小箱的菜籽，用快递寄运，邮费比菜籽的价格还高。

不过，菜籽的价值无法以金钱衡量，因为它是活的，是生机无限的。

我还记得种菜之法，把土翻松，将种子撒在盆中，再覆上薄土，淋一点水，接下来，就等青菜发芽，如果没有失误，两三周以后，就会有新鲜的蔬菜可吃了。

由于种菜容易,从前的台湾,把出身于贫苦家庭的人称为"菜籽仔命",就像是菜籽一样粗贱的生命,天生天养,落在何处就长在何处,最后也会长大成人。

但是,人也有不如菜籽的地方,菜籽易生易养,却不会忘记自己的本质。

那些比芝麻更细的菜籽,如果没有标示,无人知悉它是何种青菜,一旦长大,白菜、菠菜、空心菜、青康菜,株株都是本色本味的。

我们种了什么种子,就会长出什么青菜,青菜从来不会辜负我们,天地也从来不会辜负我们!

耕天耕地耕青松,种桃种李种春风,因缘历历,天地无私。

我每天为青菜浇水的黄昏,都会抬头望向远方的云天与山林,心随夕阳,有一个美丽优雅的下山。

想到我出生的偏乡,自己正是一粒小小的油麻菜籽,向往山林、河海、蓝天,向往美好、深情、优雅,向往广大、深刻、细腻……

向往一切幸福的可能!

我的一切追寻和写作,就是让一粒菜籽长成不失本味本色的青菜呀!

未完成之美

朋友送我一个印度的檀香木雕刻，雕得十分写实精细。

是一个赤裸半身的老农夫，打开鸡笼正在喂鸡，鸡仔也雕得栩栩如生，连鸡毛都历历可见。最美的是那个鸡笼，是一体雕成，每一条藤都像是真的。

我对朋友说："实在太美了！"

但是在赞叹的时候，我却觉得那完美里面缺少了一点什么，可是也说不出所以然来。

我把那个檀香木雕和几个铜雕放在一起摆在柜子里，每回看见都会生起一个念头：太工整了，仿佛少一点什么。

今天中午来了一场六级地震，客厅柜子一阵乒乒乓乓，等地震平息，我立刻赶去看，几个雕塑掉在地上，铜雕丝毫无损，呀！那老人喂鸡的雕刻品，因为鸡笼太细了，破掉一个不规则的大洞。

我正暗自可惜，把它放回柜子里，突然眼睛一亮，太美了！

原来我觉得欠缺的一点什么，现在因为破洞而补足了，多一点自然、一点随意、一点浪漫、一点创造力。

有破洞的雕刻竟比完整的，更美。

那些历史伟大的艺术品总使我有一种"未完成"的感觉。我想，这正是艺术创作与工艺作品的不同吧！刻意求工的结果，使作品显得造作而僵硬了。

那种未完成是最美的，人生亦复如此。

未完成确实是艺术与人生的重要因素。于艺术，它带来一种玄想和空间，总觉得凡·高仍在燃烧、毕加索在油彩间犹在顽笑；马远、夏珪还有未尽之意，范宽、郭熙的心留在深深的山林之中。因为艺术的未完成，艺术创作乃无有终极。

于人生，它带来一种遗憾和凄凉，那些令我们感动的英雄事业，是成吉思汗远征失利、项羽在乌江的自刎、拿破仑的滑铁卢，也使得项羽在我们的心目中，比刘邦还可亲。那些使我们低回叹息的伟大爱情，也都是未完成的，想一想，罗密欧与朱丽叶如果结婚，就会在古堡中过着凡尘的日子，梁山伯与祝英台如果洞房花烛，也将在礼教的束缚中，了其残生。呀！还是没有完成的爱情好啊！

没有遗憾的生命情态、已完成的爱情结局，都将是工艺品，不是艺术创作，那时就要期待地震或台风了。

有一次，我到香港，特别去拜见南怀瑾先生，问他一个令我疑惑很久的问题:"为什么南先生的作品总是未完成,像《论语别裁》《孟子旁通》《老子他说》《禅观正脉研究》,等等,而经典总是讲了半部?为什么南先生不把它写完呢?"

童颜鹤发的南先生哈哈大笑,说:"如果我都做完了,你们后来的人要做什么呢?"

然后,南先生告诉我,他年轻时代曾随民初的高僧虚云老和尚修行,虚云常常同时在各地盖大庙,却没有一座庙盖完成的,往往门墙屋瓦粗具,他就放下,又去盖新的庙了。

少年的南怀瑾非常纳闷,有一次实在忍不住,就问虚云老和尚:"师父,我看别的师父盖庙,都是一盖数十年,雕梁画栋、美轮美奂,为什么您的庙不盖好一点?还这么粗糙就跑去盖别的庙呢?"

虚云老和尚听了也是哈哈大笑:"我如果全盖好了,后来的人有什么事可以做呢?"

我告辞的时候,南先生拍拍我的肩膀说:"人生不要太求全,求全就多所责备呀!"

我至今难忘南先生那白眉毛下面,澄明的、意味深长的眼睛。

未完成，提升到一个更高的境界，那就是菩萨的境界了。

像地藏王菩萨的誓言：地狱不空，誓不成佛；地狱若尽，方证菩提。因为地狱不可能空，菩萨誓言就永远地未完成，也因为这种遗憾，才使我们一想到地藏菩萨就要心酸动容。

像智慧的文殊菩萨誓言：在诸佛未成佛前，永为诸佛之师；在诸佛成佛后，永为诸佛弟子。因为要做老师，所以要境界高迈；因为要做弟子，所以高迈中有谦卑，保留一点不完成。

像慈悲的观音菩萨也发誓愿：要度尽世间一切众生，方成正觉，若有一众生未得度，而自弃此宏誓，则令我的脑，裂成千片。世间众生不可能度尽，所以观音菩萨就永无宁日了。

菩萨志愿永不完成，所以最高境界叫作"等觉菩萨"或"一生补处菩萨"，也就是已具佛格而不成佛，宁可自己不完成来与不完成的众生常相左右。

传说从前有一位小乘行者证得阿罗汉的果位，断尽了色界与无色界的一切迷惑，永入涅槃，不再生死流转，在涅槃待久了，想尝

尝做菩萨的滋味，于是下入凡间。

他一下凡就看见路边的一个小儿啼哭，问其缘由，孩子说："因为我的母亲得了眼疾，需要一只新的眼睛，先生，您可以布施眼睛给我吗？"

阿罗汉心想"做菩萨最重要的就是有求必应"，于是忍痛把自己的右眼挖出来，当他把眼睛送给孩子后，孩子哭得更厉害了，阿罗汉惊问其故，孩子说："我妈妈需要左眼，你却挖右眼给我，不管啦！你再挖左眼给我。"

阿罗汉听了，大叹菩萨难为，长叹一声，飞天而去。

这是大乘行者编出来贬抑小乘修行的传说，虽不可信，却让我们看到菩萨血泪斑斑的道路。

菩萨比佛更能抚慰我们的心，是由于他的可完成而未完成、可圆满而不圆满，因此温柔可亲。菩萨比阿罗汉更能震撼我们的情，是因为他永留一丝有情在人间、永留一份遗憾未完成。

前面成佛的大门已经开了，本来可以浩荡奔赴前程，但后面的路上还有众生憾恨与啼哭的声音，心中不免悲悯不忍，于是选择那未完成的路。这样的画面，何等的美好！仿佛听到远天的音乐，曼陀罗花在云上飘舞！

好音乐不必终章，听一小段就能聆赏；好电影不必结局，看十个镜头即已知悉；好的情感、好的人生历程不一定要像圆规画出来的一样，只要尽情尽意，一个片段就够动人了。

　　保有一些未完成的遗憾来温存，既不求全，也不责备，随缘而不随俗，随意而不随便，如空中苍鹰顺气流飞升，如海中游鱼随海浪而自由，未完成是最美的，人生总是如此。

林清玄小传

　　一九五三年二月二十六日，在台湾南部的小镇旗山，诞生了一个奇特的小婴儿。

　　一般的孩子都是哭着来到世上，这个小孩却是面带微笑诞生，父亲本来要为他取名为"林清奇"，几经周折，取名为"林清玄"。

　　林清玄自幼爱笑，完全不受乡下的荒芜和家境的贫困影响。旗山因土质多砾石，又是干旱的山坡，自古以种植香蕉、竹笋、地瓜闻名，林氏祖先为了生活，在明郑时期从闽南漳州移居旗山，到林清玄是第十三代。

　　闽南家族多以宗氏为中心，非不得已，不分家业，林清玄的父亲林后发排行老幺，与两个哥哥共有十八个孩子，林清玄在男生里排行第十二，他的伯父们在战乱中早逝，故十八个孩子都由父亲一手带大。

　　父亲以种香蕉为业，拼命赚钱养家，后来又在更偏远的六龟开了养殖牛羊的农场，租地种植桃花心木的林场，才勉强拉拔孩子长大。

　　教育孩子的重担则落在母亲潘秀英的肩上，潘氏历代都是公务员，家学渊源深远，酷爱读书，尤其喜欢汉学，善于书道。林清玄受到母亲影响，对文化有着非常深切的向往。

六十多年前的台湾乡下，尚无水电，都是点煤油灯，日出而作，日入而息。一直到林清玄五岁的时候，才有电力，但是用电不用缴电费，而是向电力公司租灯泡，一个月十元。

父亲租了一个灯泡，终日不熄，吃饭时挂在饭堂，洗澡时挂在浴室，因此木梁上都是钩子，一条很长很长的电线拉来拉去，最后，电灯挂在拜祖先的祖厅，十八个孩子一圈圈围在灯下看书。

祖厅的对联写着：忠孝传家远，诗书继世长。

横匾：耕读传家。

从此，林清玄养成一生的读书习惯，每天一定要读书才睡得着，读书一定读到动心处，才肯去睡觉。

八岁那年，有一天读书，林清玄突然福至心灵："为什么这些课外书那么好看，而学校的课本却那么难看？我长大也要写好看的书给大家看！"从那一天开始，林清玄立志要成为一名作家。

一切都是从立志当作家开始的，为了寻找灵感，林清玄更勤于阅读、敏于生活，追寻思想和美感。为了练习表达，小学时期，他每天写五百字的文章；初中，每天写一千字；高中，写两千字；上大学之后，每天写三千字，从不间断。

读万卷书还是远远不足的，为了行万里路，林清玄十四岁离开家乡，远到台南读书。他进入瀛海中学读书，那里一个年级只有三班学生，但他遇见了影响他一生的王雨苍老师。王雨苍是北京大学毕业的老知识分子，博学多识、幽默风趣，他曾对少年林清玄说："我用我的生命给你保证，你将来一定会成为一个很好的作家。"在王老师的指导下，林清玄获得台南市中学生作文比赛第一名，那是林清玄人生中获得的第一个作文奖项。

与王雨苍老师的因缘，林清玄后来写了《悬崖边的树》作为纪念。

十四岁到十八岁在台南度过，台南带给少年林清玄两个深远影响：其一，台南是台湾最早的文化古城，启发了他的眼界，让他爱上古建筑、古文物，以及美食、饮茶等等；其二，瀛海高中在海边，让他爱上大海，向往远方。

高中毕业，林清玄大学落榜，一路行游，到台北投靠大哥林清景、大嫂颜金美。

大哥林清景当时是一家公司的董事长，青年才俊。大嫂颜金美是台湾五大豪门之一基隆颜家的千金。他们继承了林清玄父亲无私的精神，细心呵护这个来自乡下的"十二弟"，并教他如何品味生活。林清玄一直到考上世新大学电影系，才搬离大哥家。

大学落榜期间，林清玄利用时间在各地旅行，写成《行游札记十帖》，连续十天刊登在当时影响力巨大的台湾某报纸的副刊上，引起轰动,被誉为"天生的作家"。从此,作品经常被刊登在台湾重要的报纸上。

　　进入世新大学之后,林清玄如鱼得水,一年级时代表学校参加诗歌朗诵,得到全台湾第一名。二年级时创立《奔流》杂志与《电影学报》,任总编辑,并创办《新闻人》周报,任总主笔,为了办报、办杂志,不停地写作。为了筹措资金,四处拉广告、办演讲,养成了善于即席演说的能力。

　　三年级时,他参加学校的"翠谷文学奖"比赛得到第一名,在颁奖典礼上结识高信疆先生,受到高信疆的感召,投入报告文学写作,长期追随高先生,后来两人都被选为二十世纪八十年代的"媒体英雄"。

　　在世新大学求学期间,他受教于宋存寿、丁善玺、陈耀圻、张彻等大导演,眼界大开。其中,影响他最深的是韩道诚(笔名寒爵)教授。韩教授满腹经纶,非常风趣,他很赏识林清玄的才华,曾对林清玄说:"有才华的人应该比没才华的人更努力,没才华的人再努力,就是那个样子。有才华的人不努力,就辜负了上天的恩宠。"从此,林清玄努力不懈。

　　二十岁,林清玄出版第一本书《阳关已唱千千遍》。

　　从世新大学毕业,他被征召入野战装甲部队服役,干训班结业,以战技第一名毕业,升任战车车长,每天凌晨四点起来写作,一直写到五点半吹起床号。他在《联合报》上写的专栏《征人小笺》，后结集出版，即《莲花开落》。

服兵役时的林清玄，已受到文化界的广泛瞩目，尚未退伍，已收到三张聘书，他选择进入报社追随高信疆，从记者做起。从此，记者、主编、主笔，共任职十年，一直到高信疆赴美进修，他才离开报社。

当时担任艺文版主编的林清玄无役不与，又受到新象艺文的许博允邀请，兼任《新象艺讯》总编辑，推波助澜，使得台湾文化艺术焕然一新，充满了活力。

高信疆离开报社之后，林清玄觉得报社工作已无可恋，应台湾中华电视公司经理郑淑敏之邀，进入华视企划部当主管，并主持电视节目《生活笔记》。同时，在台湾中国广播公司主持每日清晨的节目《林清玄时间》，累积了不少听众，埋下后来出版有声书的种子。

纵使从事电视、广播工作，林清玄不曾中断写作，最多曾同时写十八个专栏，每个月出版一本书。他还完成了电影剧本《香火》《南京的基督》《乡土的召唤》《大地勇士》，电影上映时，都受到热烈讨论。

一切外表都很风光，但是林清玄却对不停地工作感到疲累不堪，陷入泥泞的婚姻也使他痛苦不已，三十二岁偶然读印度《奥义书》，读到"一个人到了三十岁，要把全部的时间用来觉悟，否则，就是一步一步在走向死亡的道路"这句话。他想到自幼皈依佛教，却没有好好学佛，当下，觉悟的时间到了。

林清玄随即辞去所有工作，带着几部佛经，还有皈依师父星云的著作，遁入大溪山闭关。打坐、读经、过午不食，足足有三年的时间，直到觉悟："佛教这么好，知道的人却这么少，我应该把体会到的佛法，与有缘的人分享。"

林清玄在关房上写了两幅字：

在红尘中,有独处的心;在独处时,有红尘怀抱。

菩萨清凉月,常游毕竟空;为偿多劫愿,浩荡入红尘。

林清玄再度步入十丈红尘。

林清玄下山之后，开始写作"菩提系列"和"现代佛典系列"，并四处演讲，平均每年讲两百场，还曾有一年讲三百场的纪录。

林清玄凡有所作，皆成风潮，销量一再创出版纪录，被形容为"林清玄障碍"。他的"菩提系列"和"身心安顿"系列，均印行千版以上，他曾十年名列"十大畅销作家"，其中三年位居榜首。

林清玄的演讲也被整理成书，广泛流传，包括《身心安顿》《烦恼平息》《在苍茫中点灯》《以有情觉有情》《心海的消息》《天边有一颗星星》《清净心看世界》《欢喜心过生活》《平常心有情味》《柔软心无挂碍》《三心一意》等等。

演讲的影响深远,林清玄还被媒体选为"台湾十大名嘴"之首,林清玄说:"成为名嘴,非我所愿,是为了满众生的愿。"

他的演讲不只在台湾,足迹遍及大陆的三百多个城乡。他还曾在欧洲、美国、加拿大、日本、泰国、马来西亚、印度尼西亚等地巡回演讲。

为了使演讲更普及,四十二岁时他再度闭关一年,筹备有声书的出版。

四十五岁,林清玄正式出版有声书《打开心内的门窗》,总计售出四百多万个录音卡带,金额超过十亿台币。两年后,推出《走向光明的所在》有声书,再度热销。

在眼泪与烟火中,林清玄结束了第一段婚姻。

他成立了"林清玄教育文化基金会",希望能为孩子做一些公益事业。在寻找执行长的过程中,他与认识十年的方淳珍重逢。在深谈之后,林清玄惊觉两人的思想、理念、心灵都无比相契,遂聘方淳珍为基金会的执行长,一起推动公益事业。

一年后,林清玄写下"纵有才名贯江东,生生世世与君同",向方淳珍求婚,两人结婚,定居于台北外双溪,林清玄为新居取名为"清淳斋",育有一子亮语、一女亮云,再加上长子亮言,林清玄共有三个孩子。

林清玄、方淳珍曾在陕北延川,以岳父方贵和之名捐建"贵和希望小学",此后,两人走过大陆许多城乡,撒播文学种子。他们也在新竹仁爱中心捐建图书中心,取名为"林清玄方淳珍图书馆",造福乡里。

林清玄写作超过四十五年,著书两百余部,作品曾被许多国家和地区选入华语课本,光是在大陆,就有《和时间赛跑》《桃花心木》《百合花开》《鞋匠的儿子》被选入小学语文课本。作品被选入中考考题超过百次。《阳光的味道》《无风絮自飞》曾被选入高考考题而轰动一时。

林清玄曾获奖无数,三十岁前就得遍台湾重要的文学奖,还被选为"十大成功人物""宝岛十大才子""世新大学十大杰出校友""杰出孝子"……为了表彰他在文学创作方面的成就,国际青年商会颁赠"全球华人文艺薪传奖"。

林清玄六十岁之后,依然过着简单的生活,不断地创作,他曾赴北京在清华大学百年纪念的讲座上对学生说:"如果今天晚上要离开这个世界,我会写作到今天早上。""希望读者不只阅读我过去的作品,也能继续阅读我未来的作品,对于一个充满创作力的作家,生命永远在旅途上,最好的作品永远在创作中。"

版权合同登记号：图字：11-2018-412号

图书在版编目(CIP)数据

漫步在青春的河畔 / 林清玄著. —杭州：浙江文艺出版社，2019.3

ISBN 978-7-5339-5575-5

Ⅰ.①漫⋯ Ⅱ.①林⋯ Ⅲ.①散文集—中国—当代 Ⅳ.①I267

中国版本图书馆CIP数据核字(2019)第018589号

策划统筹	王晓乐
责任编辑	谢园园
营销编辑	张恩惠
封面设计	观止堂_未氓　孔舒琴
版式设计	吕翡翠
责任校对	陈　玲
责任印制	吴春娟

漫步在青春的河畔

林清玄 著

出版	浙江文艺出版社
地址	杭州市体育场路347号
邮编	310006
网址	www.zjwycbs.cn
经销	浙江省新华书店集团有限公司
制版	浙江新华图文制作有限公司
印刷	杭州富春印务有限公司
开本	700毫米×980毫米　1/16
字数	134千字
印张	14.5
印数	000001—100000
插页	1
版次	2019年3月第1版　2019年3月第1次印刷
书号	ISBN 978-7-5339-5575-5
定价	45.00元

版权所有　违者必究

（如有印装质量问题，请寄承印单位调换）